Auf eigene Rechnung

Eine Kriminalgeschichte aus der Serie
„Der Fuchs"

IMPRESSUM:
Copyright: 2017 Siegfried Laggies

Autor: Siegfried Laggies
Umschlaggestaltung: Siegfried Laggies
Lektorat, Korrektorat: Gerda Steinau
                                    Siegfried Laggies
Bild: Quelle Pixbay

Verlag: tredition GmbH, Hamburg
e-Book   ISBN: 978-3-7439-2004-0
Paperback: ISBN: 978-3-7439-2002-6
Hardcover: ISBN: 978-3-7439-2003-3
Printed in Germany

Zu Beginn dieser Kriminalgeschichte steht der fünfzigste Geburtstag der Frau Wilde im Mittelpunkt. Die drei Töchter, Lissi, Monika und Carmen hatten sich abgesprochen, diesen Tag zu einem besonderen werden zu lassen. Die noch ledigen Schwestern, Monika und Carmen wollten das Gute mit dem Nützlichen verbinden und den Eltern ihre Freunde vorstellen. Die älteste Tochter, sie war bereits verheiratet, hatte Jura studiert und war inzwischen eine Staatsanwältin in Frankfurt. Doch bereits auf dem Höhepunkt der Geburtstagfeier ereignet sich etwas Unvorhersehbares. Das Unheil bahnt sich seinen Weg. Eine Vergiftung und ein Mord geben dem weiteren Geschehen eine ganz andere Richtung. Vom Landeskriminalamt wird eine Sonderkommission unter der Leitung von Oberinspektor Ferdinand Köstel, auch hochachtungsvoll „Der Fuchs" genannt, eingesetzt. Zu diesem Zeitpunkt konnte noch niemand ahnen, in welche Dimension sich Köstel im weiteren Verlauf seiner Ermittlungen bewegen wird. Kriminalrat Dr. Schlauer und Oberstaatsanwalt Dr. König Erscheinen und geben Köstel den Auftrag, ab sofort zusammen mit dem Rauschgiftdezernat den Fall aufzuklären.

Siegfried Laggies

Auf eigene Rechnung

Der 50. Geburtstag

Kapitel -1-

In der Familie Wilde laufen die Vorbereitungen zum fünfzigsten Geburtstag der Mutter auf vollen Touren. Es herrscht eine große Vorfreude. Die Mutter war in Gedanken und führte ein Selbstgespräch: „Das Glück, alle um mich zu haben, es kommt immer seltener vor. Gut, dass der Wetterbericht für Sonntag auch noch einen sonnigen Tag vorausgesagt hat, was will ich mehr."

Lissi, die älteste Tochter ist bereits verheiratet und kam aus Frankfurt/Main. Es war der 13. August und dazu auch noch an einem Freitag. So gegen 16:00 Uhr stand Lissi mit ihrem Mann Werner bei den Eltern vor der Tür: „Hallo, kommt rein, ich freue mich ja so, dass ihr auch kommen konntet", sprudelte es aus dem Munde der Mutter.

Lissi hat Jura studiert und war in der Zwischenzeit eine gestrenge Staatsanwältin. Eine Stadt wie Frankfurt sorgt auch dafür, dass immer Arbeit vorhanden ist. Im nachfolgenden Gespräch mit den Eltern erzählte sie, dass das was sie mache, schon eine sehr aufreibende Tätigkeit ist:

„Sehr oft muss ich mich mit den Kollegen in Hamburg und Kiel austauschen. Die Drogenszene ist eben total vernetzt.

Ohne diese Zusammenarbeit können wir keine oder nur kleine Erfolge verbuchen. Das heißt, wir kontaktieren uns ständig.

Ihrer Familie hatte Lissi im Vorfeld klargemacht, dass es niemanden etwas angehe, dass sie eine Staatsanwältin ist.

Die beiden jüngeren Töchter, Monika und Carmen, wollten den Eltern ihre Freunde vorstellen und betrachteten diese Geburtstagsfeier als eine gute Gelegenheit. Es war doch die komplette Familie beisammen.

Vor einigen Monaten hatte Karin Stolte, ihre Arbeitskollegin Monika Wilde zu ihrem Geburtstag eingeladen. Am Abend, in gemütlicher Runde lernte Monika Hein Möller kennen. Karins Freund hatte ihn zu dieser Feier mitgebracht. Monika mochte ihn und so freundeten sie sich an. Später besuchte er sie auch in regelmäßigen Abständen in ihrer Wohnung in Rendsburg.

Vor ein paar Tagen kam er zu ihr und hatte einen 20kg schweren Metallkoffer dabei. „Monika mein Schatz, kann ich diesen Koffer ein paar

Tage hier bei dir stehen lassen? Er soll verschifft werden. Ich warte nur noch auf den dafür vorgesehenen Container." „Natürlich kannst du den Koffer hier stehen lassen", antwortete sie ihm.

Wieder bei den Eltern:
„Monika wird wohl bald kommen, dann lernen wir ihren Freund kennen", sagte die Mutter. „Ja, ich bin auch gespannt", erwiderte Lissi. Es dauerte noch eine Stunde, dann hörte man das Türenschließen von zwei Fahrzeugen. „Nanu", dachte der Vater, „warum kommen sie denn nicht mit einem Auto? Von Rendsburg bis Kiel sind doch nur ein paar Kilometer." Mit einem Blumenstrauß standen sie nun vor der Tür: „Tretet ein und herzlich willkommen!" Der Vater machte eine entsprechende Geste. Dann Monika: „Darf ich bekanntmachen, mein Freund Hein Möller, Hein, das sind meine Eltern und meine ältere Schwester Lissi mit ihrem Mann Werner." Von beiden Seiten kam ein „Sehr Angenehm." Etwas argwöhnisch schaute Lissi schon, als die Beiden in der Tür standen. Im Unterbewusstsein war ihr Hein etwas zu glatt. Nun fehlte nur noch Carmen. Sie ließ aber nicht lange

auf sich warten. Die Tür ging auf: „So, jetzt sind wir komplett", sagte die Mutter. „Nicht ganz", antwortete Carmen, „Peter kommt am Sonntag. Zum Kaffee wird er hier sein."

„Monika, warum seid ihr nicht mit einem Auto gekommen, die paar Kilometer von Rendsburg!" „Hein hatte vorher noch eine geschäftliche Besprechung", sagte Monika. „Naja", antwortete ihr der Vater, „der Rubel muss ja auch rollen."

Den Abend verbrachte man in gemütlicher Runde.

Zur Nachtruhe von Freitag auf Samstag waren alle in ihre ehemaligen Kinderzimmer untergebracht. Es war ein wunderschöner Sommerabend. Eigentlich zu schade, um zu schlafen. Werner, der die ganze Tour von Frankfurt bis Kiel am Steuer saß, war aber müde wie ein Hund und schlief sofort. Monika, die einen sehr stressigen Tag hinter sich hatte, zog es auch vor, die noch verbleibenden Stunden zu schlafen.

Lediglich Hein hatte das Bedürfnis, noch auf dem Balkon eine Zigarette zu rauchen. Plötzlich standen sich Hein und Lissi gegenüber. Lissi wollte auch noch die frische Luft genießen. Die Zimmer lagen nebeneinander und die Balkone waren nicht getrennt. Hein bot Lissi eine Zigarette an, die Lissi aber dankend ablehnte. Sie verweilten noch eine geraume Zeit auf dem Balkon und unterhielten sich im Flüsterton. Man wollte die Schlafenden nicht stören. Nach gut einer halben Stunde bekam Hein auf seinem Handy einen Anruf. Er ging einige Schritte zurück um zu telefonieren. Lissi hörte wie Hein sagte: „Dann soll er doch kommen." Das war der Satz den Lissi noch aufschnappen konnte. Hein kam zurück und wirkte hiernach verändert. Er empfahl, man solle sich jetzt doch zur Ruhe begeben und die Zimmer aufsuchen. Auf Lissis Frage, ob denn dieser Anruf so wichtig gewesen sei, antwortete Hein nur:

„Da will mir einer mein Geschäft zerstören."

Am Morgen nach dem Frühstück sagte Hein zur Monika: „Sei mir nicht böse, aber ich muss unbedingt noch einen Freund aufsuchen, ich bin in zwei Stunden wieder zurück." Monika war verärgert! „Nun schimpf doch nicht gleich wieder, es wird schon wichtig sein", antwortete Lissi. Sie hatte einen Hintergedanken. Hein fuhr einen Porsche. „In so einem Auto saß ich noch nie", sagte Lissi. „Hein, darf ich dich begleiten? Ich bleibe auch im Auto und warte."

Hein und Lissi setzten sich in den Porsche und fuhren los. Nach 25 Minuten hatte er sein Ziel erreicht. Hein suchte seinen Kollegen auf und ging zu ihm in die Wohnung. Es war ein Zwei-familien-Haus. Lissi machte sich sofort eine No-tiz. Es dauerte gut 45 Minuten bis zu seiner Rückkehr. In der Zwischenzeit schaute sich Lissi den Porsche an. Ja, sie setzte sich auch ans Steuer. „Ein tolles Auto", dachte sie und schaute sich um. Unter seinem Sitz entdeckte sie zwei Beutel, ca. 10 gr. mit Heroin. Sofort setzte sie sich wieder auf den Beifahrersitz und wartete. Hein kam zurück und sagte: „Entschuldige bitte, es hat doch etwas länger gedauert, jetzt fahren wir sofort wieder zu den Eltern." Er fühlte sich in der Familie sehr sicher.

Unterwegs, Hein schaute sich Lissi so an: „Das wäre schon eine tolle Stute auf meiner Weide", dachte er. Jedoch Ärger in der Familie wollte er nicht provozieren. Also bemühte er sich pünkt-lich zu sein.

Am Samstag verbrachte man den Abend in ge-mütlicher Runde. Die Zeit schritt voran, es war kurz vor Mitternacht. Dann um 12 Uhr, der Geburtstag: „Herzlichen Glückwunsch, Gesundheit und alles Gute für die Zukunft, liebe Mutti", hörte man von allen Seiten. Eine Flasche Sekt wurde geöffnet, dann prostete jeder dem anderen zu, vor allem aber dem Geburtstagskind. Gut eine Stunde plauderten sie noch, dann ermahnte die Mutter, sich doch zur Nachtruhe zu begeben. „Wir haben morgen einen schweren Tag", ließ sie noch verlauten.

Schon sehr früh waren die Töchter aufgestanden und trafen alle Vorbereitungen für diesen Tag. Die Zeit verging sehr schnell. Am Nachmittag kamen die Geschwister der Eltern. Sie gratulierten und wünschten dem Geburtstagskind alles Gute. So gegen 16 Uhr läutete es wieder. Carmen lief zur Tür und öffnete sie. Mit einem großen Blumenstrauß stand Peter, ihr Freund vor der Tür. „Hallo mein Schatz", sagte sie, „komm rein, ich stell dich zuerst meinen Eltern vor."
„Mutti, Papa", rief sie, „Peter ist gekommen. Ich möchte ihn euch vorstellen."
Die Eltern kamen zur Tür: „Darf ich vorstellen, das ist Peter Schreiber, mein Freund und das hier Peter, sind meine Eltern."

Peter nahm seinen Blumenstrauß, ging zu Carmens Mutter und sagte:

„Liebe Frau Wilde, zu Ihrem Geburtstag auch meinerseits die herzlichsten Glückwünsche, Gesundheit und alles Gute für die Zukunft."

Dann übergab er ihr den Blumenstrauß. Anschießend führte Carmen ihren Peter in die Gesellschaft ein.

Kapitel -2-

Hein unterhielt sich gerade mit Lissi, die in diesem Gespräch immer wieder versuchte, mit Hein über das Böse im Menschen zu sprechen. Als sie sah, dass Carmen mit ihrem Peter kam, stellte sie sich ein Stück abseits. Geradeaus ging Carmen mit ihrem Peter auf Hein zu: „Hein, darf ich bekanntmachen", sagte sie, „mein Freund Peter Schreiber", erschrocken schauten sich die Beiden an. Es dauerte nur einen Bruchteil von Sekunden und beide erkannten sich wieder. Und zwar aus einem Prozess in dem Peter als Zeuge geladen war. Hein war ein ausgekochter Bursche, er fing sich zuerst und tat so, als habe er Peter niemals gesehen. Carmen, die doch unmittelbar danebenstand, bemerkte dieses eigenartige Verhalten der Beiden sofort. „Was soll ich machen", dachte sie sich. Direkt zu ihrer Schwester gehen wollte sie auch nicht. Zu ihrem Glück hatte der Vater einige Tage zuvor, um den Garten noch schöner zu machen, einige Sträucher gepflanzt. Carmen nahm ihren Peter an die Hand: „Komm mal schnell mit, ich zeige dir die von uns ausgesuchten und von Papa gepflanzten Sträucher." Beide liefen bis zum Ende des Gartens. Mit einer ernsten Stimme fragte sie: „Peter, woher kennst du den Hein und sag mir bitte nicht, dass du ihn heute zum ersten Mal siehst. Das glaube ich dir ohnehin nicht." Peter wollte natürlich nicht, dass nun ein schlechtes Licht auf ihn fällt: „Bitte hör mir genau zu. Vor fünf oder sechs Jahren musste ich in einem Drogenprozess in Hamburg gegen ihn aussagen. Er hatte eine Kommilitonin von mir auf dem Gewissen. Hein ist in Hamburg im Drogenhandel und in der Prostitution eine große Nummer. Der ist so aalglatt, dass man ihm noch nichts Handfestes hat nachweisen können. Ich möchte eure Geburtstagsfeier nicht stören, deshalb habe ich mich so verhalten." „Wir müssen Monika warnen ehe es zu spät ist, sie ist doch meine Schwester." „Ja, aber bitte mit äußerster Vorsicht! Versuche, dass du Monika alleine sprechen kannst und dann frag sie, woher sie ihn kennt."

Kapitel -3-

„Hilfst du mir bitte das Geschirr in die Küche bringen", rief Carmen der Monika zu.

„Ja", antwortete sie, „ich komme."

Die beiden Frauen holten das Geschirr und stellten es in die Spülmaschine. Dann nahm Carmen die Gelegenheit war:

"Woher kennst du den Hein, der kommt doch aus Hamburg und du bist doch immer nur in Rendsburg", wollte Carmen nun wissen:

„Eine Arbeitskollegin von mir hatte Geburtstag. Mehrere Gäste waren geladen, unter anderem auch der Freund meiner Kollegin. Dieser wiederum hatte Hein mitgebracht. Dort haben wir uns dann in gemütlicher Runde zum ersten Mal gesehen. Er fragte mich bei dieser Gelegenheit: „Können wir uns wiedersehen? Ich mochte ihn und so kam er immer nach Rendsburg. Als ich dann mit ihm mal nach Hamburg wollte, sagte er mir, später mein Schatz. Gewundert hat's mich schon. Ich dachte zuerst, er hätte in Hamburg noch ein Mädchen. Doch jetzt kommt er ja immer nach Rendsburg."

Einige Zeit später, Carmen und Peter sahen Lissi vor einem riesigen Rosenstrauch stehen und gingen zu ihr. „Das ist bestimmt Papas stolz“, sagte Lissi. „Ja Lissi“, aber deswegen kommen wir nicht zu dir.“ „Ihr braucht mir nichts zu sagen, zumindest nicht hier. Ich habe die Begrüßung zwischen Hein und Peter beobachtet. Was glaubt ihr, warum ich mitgefahren bin?“

„Das war aber gewagt“, sagte Peter. „Ich habe ja auch im Auto auf ihn gewartet. Und ich glaube, es war ihm auch recht.

Gestern in der Nacht auf dem Balkon, er rauchte eine Zigarette und ich wollte noch die frische Luft genießen, da bekam er einen Anruf. Einige Brocken konnte ich aufschnappen. Ich glaube, der fühlt sich hier bei uns ziemlich sicher.“ „Das glaube ich jetzt nicht mehr. Ich weiß doch wer er ist“, sagte Peter, „der hat mich doch genauso erkannt, wie ich ihn“, fügte Peter noch hinzu.

Das mit Lissi geführte Gespräch machte Hein stutzig. Unter dem Vorwand, er habe noch seine Zigaretten im Auto liegen, ging er noch einmal hinaus. Zuerst überprüfte er, ob seine „Ware“ noch an gleicher Stelle unter dem Sitz zu finden war. Ja, aber nicht an gleicher Stelle. Er hatte ein ungutes Gefühl: „Die Frau kann mir gefährlich werden, wüsste ich doch, was sie beruflich macht und jetzt auch noch der Schreiber. Ich muss die Beiden ausschalten." So langsam ging die Sonne unter. Es war herrlich am Abend draußen zu sitzen. Die Geschwister der Eltern hatten einen etwas längeren Heimweg und haben sich so gegen 23 Uhr verabschiedet.

„Monika kommst du mit", fragte Hein, „wir holen noch ein Fläschchen von dem Roten." „Ja", war zu hören. Hein holte die Flasche Sekt, öffnete sie und schenkte jedem ein Glas ein. Lissi, die gerade die Toilette aufgesucht hatte, bekam als Letzte ihr Glas. Dann prostete man sich zu. „Liebe Mutti, noch einmal auf deinen Geburtstag und dass du uns noch lange erhalten bleibst", sagte Lissi. Sie hob das Glas, „dann auf dein Wohl!" Es machte sich noch einmal der kleine Hunger bemerkbar.
„Komm mit", forderte Carmen nun Monika auf, „wir richten noch ein paar Häppchen." In der Küche nutzte Carmen die Gelegenheit und klärte Monika auf. Monika war entsetzt, es verschlug ihr die Sprache. „Auf wen habe ich mich denn da eingelassen", fragte sie sich? In ihrem Kopf sauste nun alles durcheinander. Sie musste

sich erst einmal wieder fangen. Nach einer halben Stunde, die Tränen waren getrocknet, man konnte die Häppchen servieren. Gerade als die beiden Mädchen mit den Häppchen wieder hinausgehen wollten, kam ihnen schon Hein entgegen und sagte: „Gib mir die Platte, ich bringe sie hinaus." An den Vorabenden hatte er beobachtet, dass Lissi ein Lachsschnittchen besonders gerne mag. Lissi aß dieses Häppchen und nun überschlugen sich die Ereignisse. Hein bekam einen Anruf und zog sich zum Telefonieren zurück. Der Lissi wurde es plötzlich übel, sie machte eigenartige Bewegungen und sackte in sich zusammen. Sie war ohnmächtig.

Kapitel -4-

Peter schaltete sofort und rief per Handy den Notarzt, der auch nach ein paar Minuten vor dem Hause stand. Nachbarn, die vom Lärm des Notarztwagens aufgeschreckt wurden, standen neugierig auf der Straße und beobachteten, wie Lissi auf einer Bahre zum Krankenwagen getragen wurde.

Im Hause Wilde lief nun alles durcheinander. Niemand konnte sich das Geschehene erklären. Werner setzte sich mit Monika und der Mutter ins Auto und fuhr sofort dem Krankenwagen hinterher. Peter, der als Einziger den Überblick behalten hatte, wollte nun Hein zur Rede stellen. Hein aber war nicht aufzufinden. Peter schaute nach und stellte fest, dass auch sein Porsche nicht mehr vor dem Hause stand. Anschließend sicherten sie alle Türen, setzten sich in Peters Auto und folgten auch dem Rettungswagen. Im Krankenhaus kämpften derweil die Ärzte um das Leben der Lissi. Auf Nachfrage ihres Mannes und der Mutter bekamen sie vom diensthabenden Oberarzt die Antwort, sich bitte zu gedulden. Es dauerte nicht lange und der

Oberarzt eilte ein zweites Mal vorbei. Die Mutter sprang sofort auf, lief dem Arzt hinterher:
„Herr Doktor, bitte eine Antwort. Was ist mit meiner Tochter, und kommt sie durch?" „Ja", antwortete er.
„Wir haben ihr den Magen ausgepumpt und festgestellt, dass sie etwas getrunken, oder gegessen hat, was in seiner Wirkung zu stark war. Unser Labor untersucht zurzeit den Inhalt des Magens. Danach können wir erst die richtigen Gegenmaßnahmen einleiten. Sie ist aber außer Lebensgefahr. Jetzt entschuldigen Sie mich bitte, ich werde gebraucht. Übrigens, die Mordkommission haben wir auch in Kenntnis gesetzt."

Carmen und Peter machten sich die größten Vorwürfe, nicht schon früher etwas unternommen zu haben. Köstel, der in der Zwischenzeit ebenfalls mit seiner Crew im Krankenhaus eingetroffen war, suchte gleich das Gespräch mit der Familie: „Herr Oberinspektor," schaltete sich der Vater ein: „Meine Tochter kommt aus Frankfurt/M und ist dort Staatsanwältin." Köstel wurde gleich hellhörig: „Wissen Sie ob sie hier einen Termin hat?" „Ja", sagte Werner, „am Montag, mehr weiß ich aber nicht."

Hiernach bemühte sich Köstel um das Gespräch mit Oberarzt Dr. Schneider.

„Doktor was können Sie mir sagen?" Köstel hörte aufmerksam zu.

„Nun", sagte er, „als Frau Krumme hier eingeliefert wurde, sahen wir sofort, dass es sich um eine Vergiftung handelt. Als erste Maßnahme haben wir den Magen ausgepumpt, um das Schlimmste zu verhindern und etwas über den Inhalt zu erfahren. Wir sind überzeugt, unser Labor wird uns bald den Grund nennen. Wir sind davon ausgegangen, dass ihr dieses Zeug mit einem Getränk oder einer Speise verabreicht wurde und haben Sie deshalb benachrichtigt."

„Doktor es ist sehr wichtig, wann kann ich mit Frau Krumme sprechen?" „Ein paar Stunden müssen Sie sich noch gedulden.

Ich verspreche Ihnen, dass ich Sie anrufen werde, sobald es möglich ist." „Okay, sicherheitshalber schicke ich ihnen noch eine Person, die auf Frau Krumme aufpasst. „Wir wissen ja nicht, was da noch auf uns zukommen kann."

„Wenn der junge Mann in der Familie nicht so vorbildlich gehandelt hätte, wäre Schlimmeres zu befürchten gewesen", sagte der Oberarzt noch abschließend.

Am anderen Morgen, Köstel bekam einen Anruf aus dem Krankenhaus: „Hallo Herr Köstel, Schneider hier, Sie können mit Frau Krumme sprechen, kommen Sie so wie es Ihnen passt. „Danke Herr Doktor, ich werde kommen." Oberinspektor Köstel begab sich sofort ins Krankenhaus.

Kapitel -5-

„Hallo und Guten Morgen Frau Staatsanwältin! Ich darf mich Ihnen vorstellen: Mein Name ist Oberinspektor Ferdinand Köstel, ich bin der Leiter der Sonderkommission beim LKA." „Guten Morgen", erwiderte Lissi. „Frau Dr. Krumme, wie geht es Ihnen und was ist am Sonntag geschehen?" fragte Köstel. Lissi: „Wir müssen das ganze Wochenende beleuchten, um den Zusammenhang zu erkennen." „Na, dann schießen Sie mal los", forderte Köstel sie auf: „Am Sonntag, meine Mutter wurde fünfzig Jahre alt. Wir Mädchen hatten uns besprochen, schon am Freitag bei den Eltern zu sein. Meine Schwestern empfanden, dass es keine bessere Gelegenheit gäbe, den Eltern ihre Freunde vorzustellen. Es sollte schon eine besondere Geburtstagsfeier werden. Wie Sie nun sehen, es wurde ein besonderer Tag. Zur Nachtruhe bekam jede ihr ehemaliges Kinderzimmer.

Der wunderschöne Abend frohlockte, nicht gleich schlafen zu gehen. Ich ging noch auf den Balkon und wollte noch die frische Luft genießen. Doch dann stand Hein Möller, Monikas Freund, der noch eine Zigarette rauchen wollte, neben mir. Leise unterhielten wir uns über belanglose Themen. Nach ca. einer halben Stunde läutete dem Hein sein Handy. Um zu telefonieren entfernte er sich ein Stück und sprach sehr leise. Ich hörte nur wie er sagte: „Dann soll er doch kommen" Das Glück half mir. Am Morgen, der Frühstückstisch war gedeckt, sagte Hein Möller zur Monika: „Entschuldige bitte, ich muss heute noch einen Freund aufsuchen, es dauert höchstens zwei Stunden, dann bin ich wieder zurück." Monika war stinksauer! „Nun schimpf doch nicht gleich, sagte ich zur Monika, es wird wohl wichtig sein." Möller fuhr einen Porsche. Ich fragte ihn, ob ich ihn begleiten darf, in so einem Auto saß ich noch nie. Ich bleibe auch im Auto sitzen und warte. Während seiner Abwesenheit habe ich mir den Wagen angesehen und zwei Beutel mit Kokain entdeckt. Nach 45 Minuten kam er zurück. Meinen Zusammenbruch wird Ihnen der Arzt wohl besser erklären können.

„Frau Staatsanwältin, ich bedanke mich. Ihnen und wünsche gute Besserung!" Köstel verabschiedete sich dann.

Kapitel -6-

Einige Tage später, beim Pförtner im Präsidium meldete sich Frau Schmidt eine Nachbarin der Familie Wilde.

„Guten Tag", sagte sie, „ich möchte wegen der Vorkommnisse bei der Familie Wilde eine Aussage machen. An wen muss ich mich wenden?"

„Warten Sie einen Augenblick, ich werde mich erkundigen", dann sagte er ihr, „gehen Sie in die dritte Etage Zimmer 32 und melden Sie sich dort bei Kommissarin Antje Stein."

„Was kann ich für Sie tun", fragte die Kommissarin.

„Ich wollte Ihnen nur sagen, dass ich gesehen habe, wie zwei Männer in das teure Auto einstiegen und dann sehr schnell fortgefahren sind. Sie fuhren aber nicht in die Richtung, in die der Krankenwagen fuhr."

„Ich danke Ihnen, die Aussage wird uns wohl weiterhelfen."

Danach verließ Frau Schmidt wieder das Präsidium.

Kapitel -7-

Nach einer anstrengenden Nacht betrat Oberinspektor Köstel am Montag sein Büro. Er hatte noch nicht einmal so richtig an seinem Schreibtisch Platz genommen, als Kriminalrat Dr. Schlauer sein Büro betrat:
"Köstel, was habe ich heute vernommen, sie haben den Fall Alexander schon gelöst? Meine Anerkennung!"
Auch Oberstaatsanwalt Dr. König, der aus dem gleichen Grunde erschien, fand lobende Worte. Dann Dr. Schlauer weiter:
„Köstel, Sie haben landesweit die höchste Aufklärungsrate, weiter so!"
Danach verabschiedeten sich die beiden Herren wieder.
Kommissarin Antje Stein und Kommissar Fiete Olsen, fühlten sich ebenfalls geehrt. Denn schließlich waren sie seine engsten Mitstreiter.

Bedingt durch den überfallartigen Besuch der beiden Vorgesetzten, hatte Köstel noch kein Wort zu seinen Mitarbeitern sagen können, da läutete auch schon wieder das Telefon. Sein Mitarbeiter Kommissar Fiete Olsen nahm den Hörer und meldete sich:

"Mordkommission, Kommissar Olsen am Apparat."

"Im Wiesengrund wurde eine männliche Leiche gefunden", meldete der Anrufer.

„Wir kommen und bleiben Sie, wo Sie sind", erwiderte Olsen.

„Chef", sagte Olsen nach dem Anruf, „das wird heute nichts mit unserem Bier nach Feierabend. Wir haben noch eine Leiche, sie ist männlich. Gefunden wurden sie im Wiesengrund."

Am Fundort, die Polizei hatte bereits alles großräumig abgesperrt. Dr. Wester der Pathologe, war gerade dabei sich den Toten anzusehen, als Köstel mit seiner Crew eintraf. Köstel begab sich sofort zum Fundort der Leiche und seine beiden Mitarbeiter suchten nach Zeugen und befragten die dort Anwesenden.

"Guten Morgen", sagte Köstel, „und Doktor, wie sieht es aus, wie und wann wurde er getötet."

Dr. Wester schaute hoch und sah Köstel an:

"Der Tote wurde mit einem Schuss in den Rücken und mit einem Schuss in den Kopf getötet.

Der Kopfschuss war aufgesetzt. Den Todeszeitpunkt sehe ich so gegen Mitternacht von Sonntag auf Montag. Genaueres natürlich erst nach der Obduktion."

"Haben Sie denn etwas über seine Identität gefunden", wollte Köstel abschließend noch wissen?

Auch hier kam ein >nein< von Dr. Wester.

Dann erkundigte er sich bei der Spurensicherung, ob die Tatwaffe gefunden wurde.

"Nein", war auch hier die Antwort, „aber wir sind ja noch nicht fertig."

Kommissarin Antje Stein und Kommissar Fiete Olsen befragten in der Zwischenzeit die dort Anwesenden. Gesehen hatte aber niemand etwas. Sie fragten: „Wer hat den Toten gefunden?" Es meldeten sich zwei junge Männer:

„Herr Kommissar, wir haben den Toten gefunden. Als wir heute Morgen so gegen 8:30 Uhr hier vorbeigejoggt sind, sahen wir den Mann dort liegen. Die Polizei wurde dann auch sofort von uns mit dem Handy benachrichtigt."

"Haben Sie denn hier etwas verändert", wollte Antje Stein nun wissen.

„Nein", antworteten die beiden jungen Männer, „es war so wie an jedem Morgen."

„Ein Protokoll müssen wir aber mit Ihnen noch aufnehmen", sagte Kommissar Olsen. „Kommen Sie doch bitte heute zwischen 16:00 und 17:00 Uhr zu uns ins Präsidium, Zimmer 32.

Köstel kam hinzu und verschaffte sich nun ein umfassendes Bild.

Plötzlich hörte er eine Stimme:

"Herr Oberinspektor, ich habe hier etwas gefunden!"

Es war eine Kreditkarte der Einkaufsbank Hamburg.

"Wo haben Sie diese Karte denn gefunden", wollte Köstel nun wissen.

"Etwa fünf Meter vom Fundort", antwortete der Mann von der Spurensicherung.

Köstel sah diese Bankkarte, schaute seine Mitarbeiter an und sagte:

"Der Tag fängt ja heute gut an."

Außer dieser Kreditkarte hatte die Spurensicherung bis zu diesem Zeitpunkt nichts finden können. Köstel bekam die Karte mit dem Hinweis, dass sie sehr verschmutzt sei. Spuren werde man wohl kaum finden.

Im Präsidium meldeten sich die zwei jungen Männer um das, was sie gesehen hatten, zu Protokoll zu geben. Nachdem Antje Stein die Personalien aufgenommen hatte, sagten beide:

„Frau Kommissarin, wir können nur das heute Morgen gesagte wiederholen, etwas Neues können wir Ihnen nicht sagen." Köstel meldete sich: "Gut", „dann wollen wir doch mindestens feststellen, wem diese Karte gehört."

Köstel setzte sich mit der Einkaufsbank Hamburg in Verbindung und erkundigte sich, wem denn diese Kreditkarte gehöre. Die Unterschrift konnte man nicht mehr lesen.

„Bitte nennen Sie mir die Kartennummer und die Kontonummer, damit ich alles überprüfen kann", sagte der Filialleiter der Bank.

Köstel nannte ihm die gewünschten Nummern der Karte und wartete auf eine Antwort. Es dauerte etwa zehn Minuten, dann hörte er wie eine Stimme fragte:

„Sind Sie noch am Apparat?"

„Ja", antwortete Köstel, „ich höre.

Einen Moment dauerte es, dann nannte der Filialleiter die gewünschten Daten.

„Also", sagte er, „die Kreditkarte gehört einem Herrn Hein Möller, wohnhaft Schlossstraße 48 in 24438 Hamburg, mehr kann ich Ihnen leider nicht sagen."

Köstel schaltete sofort: „Hein Möller, das ist doch der Freund der Monika Wilde, die muss ich umgehend aufsuchen."

Dann setzte er sich mit der Polizei in Hamburg in Verbindung:

Kapitel -8-

„Moin Moin Kollege Seeler, Köstel mein Name, ich bin vom LKA Kiel, wir haben hier einen Mord aufzuklären. Eine mögliche Spur führt uns nach Hamburg. Anhand einer gefundenen Kreditkarte sind wir auf den Namen Hein Möller gestoßen. Er wohnt in der Schlossstraße 48 in 24438 Hamburg. Bitte überprüfen Sie diese Anschrift und geben Sie mir so schnell wie möglich eine Antwort, danke."

Köstel besprach nun mit seinen Leuten die neue Situation: „Wir sind ein ganzes Stück weiter", sagte er.

Es meldete sich der Pathologe Dr. Wester. Antje Stein nahm den Hörer ab:

„Mordkommission, Stein am Apparat."

„Moin Moin Dr. Wester hier, kann ich bitte Köstel einmal haben."

Sie überreichte Köstel den Hörer und der meldete sich:

„Ja, Köstel hier, Doktor was gibt es zu berichten?"

„Köstel ich schlage vor, Sie kommen hier vorbei und schauen sich alles an." Köstel setzte sich in seinen Wagen und fuhr zur Pathologie. Dr. Wester wartete sie schon.

„Kommen Sie", sagte er, „es gibt einiges zu sehen." Dr. Wester hob das grüne Tuch und sagte: „Zunächst die Feststellung, der Fundort ist nicht der Tatort. Ich sage Ihnen, bei diesen Einschüssen hätten wir am Fundort Blut finden müssen. Er ist regelrecht verblutet. Genaues kann ich noch nicht sagen, aber ich glaube, es war ein Linkshänder. Der Schuss in den Rücken, 9 mm, hat starke Blutungen hervorgerufen. Der Kopfschuss war aufgesetzt und wurde postmortalisch abgefeuert. Der Einschusskanal zeigt von links nach rechts. Den Todeszeitpunkt, wahrscheinlich Sonntag null Uhr, plus minus ein bis zwei Stunden. Alles Weitere dann nach der endgültigen Obduktion. „Danke Doktor", sagte Köstel, „nun sind wir wieder einen Schritt weiter."

Anschließend verließ er wieder die Pathologie.

Kapitel -9-

Köstel wartete schon ungeduldig auf die Antwort seines Kollegen aus Hamburg. Es läutete das Telefon, Köstel nahm den Hörer und meldete sich:

„Köstel Mordkommission."

„Hier Oberinspektor Seeler. Köstel, wir sind Ihrer Anfrage gewissenhaft nachgegangen. Nur soviel vorab:

Es war ein Volltreffer, dieser Mann ist bei uns aktenkundig!"

„Dann schießen Sie mal los", sagte Köstel.

„Als die zur Kontrolle und Überprüfung eingesetzten Kollegen diese Wohnung betreten wollten, mussten Sie feststellen, dass an den Sicherheitsschlössern schon mächtig rumhantiert wurde. Es wollte also dort unbedingt jemand hinein. Wir haben die Feuerwehr benachrichtigt, die dann mit einigen ihrer Spezialisten die Wohnungstür geöffnet haben. Bei der Durchsuchung haben wir für ca. einhunderttausend Euro hochwertiges Rauschgift gefunden. Teils fertig zum Verkauf und auch einige Gramm Marihuana in bester Qualität. Natürlich wurden auch alle sonstigen Spuren sichergestellt. Einen ausführlichen Bericht lasse ich Ihnen heute noch per e-Mail zukommen. Im Augenblick arbeitet die Spurensicherung noch auf Hochtouren."

„Kollege Seeler", sagte Köstel, „ich bin überzeugt, wir sind einem dicken Fisch auf der Spur."

Einerseits war Köstel froh, etwas erreicht zu haben. Aber andererseits gab es immer noch die Fragen:

"Was wollte er hier in Kiel und wer ist der Mörder?"

Von der Verkehrspolizei bekam er die Nachricht, dass ein am Straßenrand stehender Porsche gefunden worden sei. Ein Blick durch das Beifahrerfenster lässt erkennen, dass Blutspuren auf dem Beifahrersitz zu sehen sind.

„Bringen Sie den Wagen sofort in die KTU und lassen Sie ihn vorrangig untersuchen. Das Ergebnis dann bitte sofort an mich! Und vor allem aber stellen Sie fest, wer der Halter des Wagens ist", betonte er noch.

Kapitel -10-

Noch am Montagvormittag suchte Köstel die Familie Wilde auf. Hatte ihm doch die Staatsanwältin gesagt, dass Möller als Freund der Monika bei der Geburtstagsfeier zugegen war. „Darf ich eintreten", fragte er, „es gibt doch meinerseits einige offene Fragen, die ich gerne klären möchte"

„Ja treten Sie ein", sagte Wilde, „so gut wir können, werden wir Ihre Fragen beantworten."

„Nun", sagte Köstel, „dann erzählen Sie mir doch bitte einmal, wie alles so abgelaufen ist." Die Familienmitglieder schauten sich gegenseitig an. Keiner wusste so recht, wie er beginnen sollte. Dann aber fasste sich Carmen ein Herz und fing an zu erzählen:

„Es war Sonntag, unsere Mutter hatte Geburtstag, ihren Fünfzigsten. Es waren einige Gäste geladen. Unter anderem wollten wir Mädchen den Eltern unsere Freunde vorstellen. Monika war die Erste, die ihren Freund Hein Möller bereits am Freitagabend vorstellte. Sie hatte ihn bei der Geburtstagsfeier ihrer Arbeitskollegin kennengelernt. Hein Möller und sein Freund, waren dort eingeladen."

Köstel wurde hellhörig, dann fragte er: „Kommt Hein Möller aus Hamburg?"

„Ja", antwortete Carmen, „und von meinem Freund Peter Schreiber, ich konnte ihn meiner Familie erst am Sonntagnachmittag vorstellen, habe ich dann im Laufe des Abends erfahren, dass Hein Möller in Hamburg in der Drogenscene und in der Prostitution zu Hause ist. Peter kennt ihn aus seiner Studienzeit. Einmal war er in einem Prozess als Zeuge geladen, weil Hein Möller eine Kommilitonin von ihm auf dem Gewissen hatte. Leider konnte man dem aalglatten Kerl nichts nachweisen.

Köstel war ein aufmerksamer Zuhörer und machte sich so nebenbei noch seine Notizen.

„Sprechen Sie ruhig weiter", ermunterte Köstel. Nun schaltete sich die Mutter ein und bemerkte: „Am Sonntag in der Nacht, Hein fragte Monika ob sie mit ihm in die Küche gehe, um noch eine Flasche Sekt zu holen, Er schenkte jedem ein Glas ein. Lissi bekam ihr Glas als Letzte, sie kam von der Toilette. Anschließend prosteten wir uns zu. Es machte sich noch einmal der kleine Hunger bemerkbar.

„Komm mit", forderte Carmen Monika auf, „wir richten noch ein paar Häppchen." Ja und danach geschah das Unglück. Lissi nahm ein Lachshäppchen. Ich sah, wie es ihr danach übel wurde, dann brach sie auch schon zusammen."

„Der Einzige, der noch den klaren Kopf behielt, war Peter", sagte dann der Vater, „Peter rief sofort per Handy den Notarzt, der auch nach ein paar Minuten vor dem Haus stand."

„Bitte geben Sie mir doch noch die Anschrift von Herrn Peter Schreiber." Danach wandte er sich der Monika zu: „Die Anschrift Ihrer Freundin benötige ich auch noch. Den Beiden muss ich auch noch ein paar Fragen stellen. Aber sagen Sie mir doch noch, wer war der Freund, mit dem Möller auf dieser Geburtstagsfeier erschien."

„Möller nannte ihn Freddy", sagte Monika. Mehr weiß ich aber leider auch nicht."

„Und in welchem Verhältnis stand Freddy zu Ihrer Freundin?", wollte Köstel noch wissen.

„Freundin ist eigentlich übertrieben, sie ist eine Arbeitskollegin, mit der ich mich gut verstehe."

„Für das Erste bedanke ich mich", sagte Köstel, „sollte ich noch Fragen haben, oder Ihnen fällt noch etwas ein, dann werden wir noch einmal miteinander reden. Danke für diese Auskünfte."

Mit einem >Auf Wiedersehen< verabschiedete sich Köstel. Jetzt machte er sich auf den Weg und besuchte Peter Schreiber, den Freund der Carmen. Köstel läutete und Peter Schreiber öffnete die Tür:

„Guten Tag Herr Schreiber, Köstel ist mein Name, ich bin der Leiter der Mordkommission. Von Frau Carmen Wilde habe ich Ihre Anschrift bekommen. Darf ich eintreten, ich habe noch einige Fragen an Sie und hätte gerne eine Antwort darauf."

„Ja", sagte Schreiber, „treten Sie ein. Ich werde Ihnen alle Fragen, so gut ich kann, beantworten."

„Meine erste Frage wäre: Woher kennen Sie Möller? Und meine zweite Frage: Was hatten Sie mit ihm zu tun?"

„Zu tun hatte ich mit ihm eigentlich nichts. Eine Kommilitonin von mir, er hatte sie auf dem Gewissen, weil er einen entscheidenden Anteil daran hatte, sie wurde drogenabhängig. Die Eltern dieser Kommilitonin zeigten Möller an. Es kam zu einem Prozess, in dem ich als Zeuge geladen wurde."

„Was haben Sie denn gemacht, als Sie Möller auf dieser Geburtstagsfeier gesehen haben?"

„Herr Oberinspektor", sagte Schreiber, „was hätte ich denn tun sollen? Ich wurde gerade ein paar Minuten zuvor in die Familie eingeführt. Ich merkte sofort, als er mir gegenüberstand, dass er mich auch erkannt hatte. Carmen musste mir dann aber erst die Gelegenheit geben, mit ihr unter vier Augen zu sprechen. Ganz ohne Umschweife habe ich ihr dann gleich gesagt, wer dieser Mann ist."

„Haben die zwei Schwestern den nie über ihre Bekanntschaften gesprochen", wollte Köstel noch wissen.

„Mir ist jedenfalls nichts bekannt", erwiderte Schreiber.

„Herr Schreiber, ich danke Ihnen für diese Auskünfte", sagte Köstel und verabschiedete sich.

Kapitel -11-

Am Dienstagmorgen, Köstel war gerade dabei, die bis zu diesem Zeitpunkt bekannten Fakten zu einem doch immer noch unvollständigen Bild, zusammenzusetzen. Genau in diesem Augenblick läutete das Telefon. Ihm wurden neue Erkenntnisse übermittelt. Zuerst meldete sich die Spurensicherung:

„Hallo Herr Köstel, hier nun die ersten Befunde unserer Arbeit. Auf dem Beifahrersitz des Porsche handelt es sich tatsächlich um Blut. Um eine Analyse zu erstellen, haben wir bereits Proben zur KTU geschickt. Den Halter des Fahrzeugs haben wir auch ermittelt. Es ist ein gewisser Hein Möller aus Hamburg. Als wir dann unsere Rauschgifthunde eingesetzt haben, sind diese schier ausgeflippt. Gefunden haben wir aber trotzdem nichts. Wir gehen davon aus, dass mit diesem Fahrzeug größere Mengen Rauschgift transportiert worden sind. Den Hunden entgeht in solchen Fällen nichts."

Das Gespräch wurde unterbrochen als Kriminalrat Dr. Schlauer und der Oberstaatsanwalt Dr. König den Raum betraten:

„Köstel", legte Dr. Schlauer gleich los, „wie wir soeben vom Rauschgiftdezernat erfahren haben, bekommt unser Fall eine ganz neue Dimension. Wir haben zwar einen Mord aufzuklären, aber nun in Zusammenarbeit mit dem Rauschgiftdezernat. Wie uns von dort mitgeteilt wurde, war Möller wohl einer der führenden Männer. Ob es nun innerhalb der Organisation zu Meinungsverschiedenheiten gekommen ist, oder gar zu Kämpfen, müssen wir recherchieren. Dass diese Organisation brutal und zu allem fähig ist, dürfte wohl auch bekannt sein. Ab sofort werden Sie mit Oberkommissar Olk hier aus unserem Hause, Oberinspektor Seeler Hamburg, und Oberinspektor Kaiser aus Frankfurt/M, zusammenarbeiten. Diese drei Kollegen kennen sich im Rauschgifthandel bestens aus. Natürlich sind Sie federführend. Köstel wir wollen die ganze Bande haben! Ich bau auf Sie!"

Mit einem >viel Erfolg< verabschiedeten sie sich. Köstel setzte sich mit seinen Kollegen vom jeweiligen Rauschgiftdezernat in Verbindung, „Hallo Kollege Olk, Köstel hier. Soeben waren Kriminalrat Dr. Schlauer und Oberstaatsanwalt Dr. König bei mir und haben mich beauftragt,

44

mit Ihnen eine SOKO zu bilden. Nach dem Stand der Dinge sind unsere beiden Fälle ineinander verschachtelt. Was halten Sie davon, wenn wir heute so gegen fünfzehn Uhr in meinem Büro mit meinen und Ihren Leuten eine Lagebesprechung anberaumen?"

„Okay", sagte Olk, „aber haben Ihnen die Herren nicht gesagt, dass in dieser Angelegenheit bereits ein Termin festgelegt wurde?" „Nein, aber meine vergiftete Staatsanwältin aus Frankfurt sprach davon."

Köstel hatte sein Gespräch gerade beendet, da meldete sich auch schon Dr. Wester von der Pathologie.

„Moin, Wester hier. Köstel, ich kann Ihnen nun abschließendes mitteilen:

Der Schuss in den Rücken, 9mm, verursachte starke Blutungen. Getötet wurde er durch einen aufgesetzten Kopfschuss, der postmortalisch abgefeuert wurde. Ich bin davon überzeug, dass tatsächlich ein Kampf um Leben und Tod stattgefunden hat. Bei den Hämatomen am Hals und an den Armen ist eindeutig zu erkennen, dass es sich um Würgegriffe handelt. Dem Einschuss-

winkel folgend, muss es ein Linkshänder gewesen sein. Köstel, ich glaube nun, diese Befunde
werden Ihnen eine Hilfe sein."

„Doktor ich danke Ihnen", sagte Köstel.

Kapitel -12-

Frau Dr. Krumme, die Staatsanwältin war auch inzwischen im Präsidium eingetroffen. So gegen 15°° Uhr meldete sich Oberstaatsanwalt Dr. König und bat alle Betroffenen in den Konferenzsaal zu kommen und am Konferenztisch Platz zu nehmen. Dr. König ergriff das Wort: „Meine Damen und Herren, ich begrüße Sie zu unserer heutigen Zusammenkunft. Insbesondere begrüße ich jedoch meine Kollegin und wieder genesene Staatsanwältin Frau Dr. Krumme aus Frankfurt/M. Frau Dr. Krumme ist in Kiel geboren und hält sich aus privaten Gründen hier auf. Die Mutter hatte ihren 50. Geburtstag."

„Machen wir es uns bequem und fassen einmal zusammen, was unsere Ermittlungen bisher ergeben haben."

Antje Stein, eine junge aufmerksame Kollegin, hatte in der Zwischenzeit die Kaffeemaschine angestellt und jedem eine Tasse Kaffee eingeschenkt.

„Nun", sagte Köstel, „dann werde ich mit meinem Bericht beginnen: Im Abstand von nur wenigen Stunden wurden uns die Vergiftung der

Staatsanwältin Frau Dr. Krumme und der Mord des Hein Möller gemeldet. Die mit einer Vergiftung ins Krankenhaus eingelieferte Staatsanwältin, Frau Dr. Krumme, weilt ja inzwischen wieder unter uns und erfreut sich einer guten Gesundheit. Ich habe mit ihr bereits im Krankenhaus gesprochen und dabei erfahren, dass der Oberarzt uns angefordert hat. Einige Stunden später wurde uns der Tote im Wiesengrund gemeldet. Anhand einer dort gefundenen Kreditkarte der Hamburger Einkaufsbank sind wir auf den Namen Hein Möller gestoßen. Unsere Hamburger Kollegen haben die von uns angegebene Anschrift überprüft und werden noch darüber berichten. Es wurde Rauschgift in größeren Mengen gefunden. Dieser Fund hat wohl Ihre Abteilung, Kollege Seeler, auf den Plan gerufen. Durch erste Vernehmungen brachten wir in Erfahrung, dass sich Möller bis kurz vor seiner Ermordung im Hause Wilde, also im Hause der Eltern von Frau Dr. Krumme aufgehalten hat. Das Fahrzeug von Möller, ein Porsche, haben wir ebenfalls gefunden. Eine weitere Spur führt uns nun nach Rendsburg. Wie wir von der jüngsten Tochter der Familie Wilde erfahren haben, besuchte Möller die mittlere Tochter, Frau

Monika Wilde regelmäßig. Kennengelernt hat Frau Monika den Toten Möller bei einer Geburtstagsfeier ihrer Arbeitskollegin. Diese hatte einen guten Freund eingeladen, der wiederum mit Möller in Begleitung dort erschienen ist. In gemütlicher Runde sind sich diese beiden dann nähergekommen. Hier möchte ich nun mit meinem Bericht schließen. Ich glaube, von nun an müssen wir diesen Fall gemeinsam bearbeiten. Sie sehen, wir haben noch viel Arbeit."

Oberinspektor Seeler war auch ein aufmerksamer Zuhörer. Er machte sich seine Notizen. Nachdem er die ihm gegebenen Informationen in sich aufgenommen hatte, nahm er seine Aktentasche und holte eine Mappe hervor, blätterte in ihr und sagte:

„Nun, dann will ich jetzt mit meinem Bericht beginnen:

Zuerst einmal die Feststellung: Möller ist in Hamburg seit vielen Jahren aktenkundig. Er hatte viele kleinere Delikte. Den großen Clou konnten wir dem aalglatten Kerl aber noch nicht nachweisen. Es ist uns auch bekannt, dass er mit größeren Mengen handelt. Trotz mehrerer Hausdurchsuchungen, Rauschgift wurde nie bei ihm gefunden. Wenn jetzt bei dieser Durchsuchung so viel gefunden wurde, dann deutet dieses darauf hin, dass er etwas ganz Großes im Schilde führte und es wahrscheinlich auf eigene Rechnung abwickeln wollte. Wir müssen davon ausgehen, dass seine ständigen Besuche in Rendsburg, etwas mit dem Rauschgifthandel zu tun haben. Nach unseren Recherchen wird dieser Rauschgiftring von einer, unter dem pseudonymen >Der Doktor< geführten Bande, geleitet. Bis zur Stunde hatten wir noch nicht die Möglichkeit, an die Hintermänner dieser Bande zu kommen. An dieser Stelle möchte ich nun auch meinen Bericht schließen. Wie Sie sehen, führen unsere gemeinsamen Recherchen in die gleiche Richtung."

„Ich würde vorschlagen", sagte Köstel, „wir werden zunächst das nähere Umfeld der Frau Monika Wilde einmal in Augenschein nehmen. Ich verspreche mir, dort einige wichtige Informationen zu bekommen. Es stellt sich ja immer noch die Frage, wer hat ihn getötet?"

Kommissarin Antje Stein und ihr Kollege Kommissar Fiete Olsen bekamen den Auftrag, den abendlichen Vorgang mit der Familie abermals abzugleichen. Die Kommissarin und ihr Kollege hatten sich bei der Familie Wilde avisiert. Sie läuteten und Carmen öffnete ihnen die Tür:

„Guten Tag, Mein Name ist Olsen und das ist meine Kollegin Stein. Wir sind von der Mordkommission und hatten uns avisiert."

„Ja kommen Sie rein. Übrigens ich bin die Carmen."

Sie eilte voraus und führte die Kriminalbeamten ins Wohnzimmer. Dort wartete man bereits auf sie.

Antje Stein holte ihre Mappe aus ihrer Tasche und schlug sie auf: „Frau Wilde", fragte die Kommissarin, „wo hielt sich Hein Möller auf, als Ihre Tochter ohnmächtig wurde?" Frau Wilde überlegte: Hein hatte Monika darum gebeten, mit ihm eine Flasche Wein aus dem Kühlschrank zu holen. Er öffnete sie und schenke jedem ein Glas ein. Lissi, die gerade die Toilette aufgesucht hatte, bekam als Letzte ihr Glas. Wir prosteten uns zu. Danach ging Carmen mit Monika in die Küche, um noch ein paar Häppchen zu richten. Hein ging den Mädchen entgegen und brachte die Platte zum Tisch. Lissi nahm sich ein Häppchen mit Lachs. Hein bekam einen Anruf und zog sich zurück. Ein paar Minuten danach brach Lissi zusammen."

„Hat denn jemand gesehen wo Hein Möller geblieben ist?" „Nein", antwortete die Mutter, „nach dem Zusammenbruch meiner Tochter habe ich mich nur noch um sie gekümmert.

Werner setzte sich dann auch gleich mit uns ins Auto und wir fuhren dem Krankenwagen hinterher. Mein Mann und Peter waren noch im Haus."

„Herr Wilde, wie haben Sie den Ablauf der Geschehnisse noch in Erinnerung?", fragte nun Olsen:

„Als der Krankenwagen abgefahren war, sind Peter und ich wieder ins Haus hineingegangen und konnten das Geschehene kaum begreifen. Dann sagte Peter auf einmal: Das war Hein, dieser Drecksack. Er wollte ihn zur Rede stellen, jedoch war er wie vom Erdboden verschluckt. Peter schaute noch nach seinem Auto, auch das stand nicht mehr vor unserem Haus. Er war also verschwunden. Bis zu dieser Feststellung sind ungefähr 20 bis 25 Minuten vergangen. Hiernach haben wir das Haus abgeschlossen und sind auch zum Krankenhaus gefahren."

Monika, die sich schuldig fühlte, einen solchen Mann in die Familie eingeführt zu haben, saß sprachlos in ihrem Sessel.

Olsen setzte sich mit seinem Chef in Verbindung und berichtete, was ihnen gesagt wurde.

„Olsen", sagte der Fuchs, „fahren Sie und Antje Stein mit Frau Monika Wilde nach Rendsburg und schauen Sie sich dort in der Wohnung ordentlich um. Es ist möglich, dass dort Spuren gesichert werden müssen. Anschließend kommen Sie wieder ins Präsidium."

„Okay", sagte Olsen.

Der Monika zugewandt: „Frau Wilde, Oberinspektor Köstel möchte, dass wir mit Ihnen nach Rendsburg zu Ihrer Wohnung fahren. Köstel glaubt, dass wir uns in Ihrer Wohnung einmal umsehen sollten. Spuren müssten eventuell gesichert werden.

„Ja, kommen Sie, wir können nach Rendsburg fahren."

Antje Stein und Fiete Olsen bedankten sich beim Rest der noch anwesenden Familie und fuhren anschließend nach Rendsburg. „Fahren Sie voraus, wir folgen Ihnen", sagte Antje Stein. Es dauerte gut eine halbe Stunde und sie hatten

Rendsburg erreicht. Monika fuhr mit ihrem Wagen in die Tiefgarage und stellte ihn ab. Fiete Olsen und Antje Stein parkten vor dem Haus. Aus der Tiefgarage kommend, öffnete Monika ihnen die Haustür. Sie hatte eine Wohnung in der zweiten Etage. Zwei Männer, die ihnen im Erdgeschoss entgegenkamen, grüßten freundlich und verließen das Haus. Oben angekommen öffnete Monika die Wohnungstür und ging mit den Kommissaren hinein. Gerade fünf Schritte machte sie, als sie erschrocken stehen blieb. Die Wohnung sah aus wie eine Räuberhöhle. Man könnte auch sagen, hier wurde alles auf den Kopf gestellt.

„Bitte fassen Sie nichts an", sprühte es gleich aus dem Munde der beiden Kriminalbeamten."

Es war 16:00 Uhr und 45 Minuten.

„Wir rufen sofort die Spurensicherung."

Anschließend informierten sie Köstel, der ihnen gleich sagte: „Bleiben Sie dort, ich komme."

Die Spurensicherung kam und nahm gleich ihre Arbeit auf. Monika war ein zweites Mal geschockt. „Wo ist der Metallkoffer, den mir Hein zur Aufbewahrung übergeben hat? Hein wollte ihn in den nächsten Tagen wieder abholen." Olsen und Antje Stein begannen derweil mit ihrer

Arbeit. Sie gingen von Tür zu Tür und befragten die Hausbewohner.

Zuerst befragten sie die unmittelbaren Nachbarn. Monika ging hinüber und läutete. Die Nachbarin öffnete die Tür. Kreidebleich stand Monika vor ihr:

„Was ist geschehen?" Fragte gleich die Nachbarin.

Monika aber konnte keinen Ton von sich geben. Nun schalteten sich Antje Stein und Fiete Olsen ein. Fiete Olsen zeigte seinen Dienstausweis und sagte:

„Entschuldigen Sie bitte, wir sind von der Mordkommission. Olsen ist mein Name und das hier ist meine Kollegin Stein. Wir haben einige Fragen und bitten um Auskunft."

„Wenn ich Ihnen helfen kann, dann fragen Sie."

„Ist Ihnen in den beiden Tagen zuvor etwas aufgefallen?"

„Nein", antwortete die Nachbarin.

Der Fuchs und auch Oberkommissar Olk waren inzwischen eingetroffen. Sie betraten vorsichtig die Wohnung und erkundigten sich, ob Einbruchspuren vorhanden seien:

„Nein", sagte der Leiter der Spurensicherung, „die Tür wurde mit einem Schlüssel geöffnet."

Köstel wandte sich nun der Frau Monika Wilde zu und fragte:

„Frau Wilde, wer hat denn von Ihrer Wohnung einen Schlüssel bekommen?"

„Nun", sagte sie, „einen Schlüssel haben meine Eltern und einen Schlüssel bekam Hein Möller von mir. Er hatte des Öfteren hier zu tun. Wenn ich dann mal später von meiner Arbeit nach Hause kam, musste er nicht draußen auf mich warten."

„Gut eingefädelt", dachte Köstel und ging hinüber zu der noch immer auf dem Flur stehenden Nachbarin. Antje Stein hatte ihr gerade die Frage gestellt, ob sie denn etwas gehört oder gesehen habe:

„Gehört, nein und gesehen, ja, vor gut einer Stunde, ich schaute durch meinen Spion und sah, wie zwei Männer ganz selbstbewusst die Tür aufgeschlossen haben und hineingingen. Mir ist dabei nur aufgefallen, dass der eine so komisch stand. Ich konnte diese Männer ja nur von hinten sehen. Ob derjenige dabei war, der schon mal mit dem Freund der Frau Wilde kam, kann ich nicht mit Sicherheit sagen. Ich dachte daher, die Beiden hätten noch etwas eingekauft und Frau Wilde sei wieder zu Hause. Danach habe ich mich nicht mehr darum gekümmert. Ich habe auch nicht gesehen, dass jemand die Wohnung wieder verlassen hat."

„Können Sie denn diese Männer beschreiben und würden Sie diese Männer wiedererkennen?", wollte Olsen noch wissen.

„Nein, aber ich kann es versuchen", antwortete die Nachbarin. Olsen schaute auf den an der Tür stehenden Namen und sagte:

„Frau Klause, wir holen Sie Morgen im Laufe des Vormittags ab und dann erstellen wir zusammen ein Phantombild."

„Ja", erwiderte sie, „ich kann Ihnen aber nur beim Bild des Freundes helfen. Wie schon gesagt, die zwei Männer habe ich nur von hinten gesehen."

Köstel schaltete sich ein und fragte:

„Frau Wilde, auf der Geburtstagsfeier Ihrer Freundin sind doch bestimmt auch Fotos gemacht worden? Können Sie mir diese zeigen?"

Einen Augenblick überlegte sie:

„Ja wir haben Fotos gemacht. Diese Bilder sind aber noch auf dem Rechner meiner Freundin."

„Dann wird es aber Zeit, dass wir uns diese einmal anschauen", fügte er hinzu.

„Chef", sagte Olsen, „das sind auch mit Sicherheit die zwei Männer gewesen, die uns unten im Flur begegnet sind."

Nun war Eile geboten. Frau Stein bekam von Köstel den Auftrag dafür Sorge zu tragen, dass das Schloss an der Wohnungstür von Frau Wilde ausgewechselt wird. In der Zwischenzeit sollte sie die restlichen Hausbewohner befragen, ob jemand das Auto gesehen habe und auch vielleicht das Kennzeichen eventuell erkennen konnte.

Oberkommissar Olk und Köstel waren sich einig, auf dem schnellsten Wege die Wohnung der Freundin, Frau Stolte, aufzusuchen. Sie setzten sich in ihre Fahrzeuge und fuhren los. In einem kleinen Dorf, etwa drei km außerhalb von Rendsburg, wohnte die Freundin. Es war ein kleines, von den Eltern geerbtes Einfamilienhaus. Olsen läutete, es machte aber niemand die Tür auf.

„Es ist jetzt 17:45 Uhr, eigentlich müsste sie zu Hause sein. Oder sie ist zum Einkauf in den Supermarkt gegangen", bemerkte Olsen.

Er läutete noch einmal, jedoch die Tür blieb verschlossen. Köstel hatte eine Ahnung:

„Gehen Sie einmal um das Haus herum und schauen, ob von der Terrasse etwas zu sehen ist." Olsen ging durch den Garten und wollte von dort durch das Fenster schauen. Doch als er die Terrasse sah, entdeckte er bereits Blut.

„Chef kommen Sie, hier stimmt etwas nicht."

Sie zogen ihre Waffe. Olk blieb mit gezogener Waffe vor dem Haus stehen, während Köstel und Olsen sich ins Innere begaben. Die Tür zur Terrasse stand auf wie ein Scheunentor. Als die Beiden dann den Raum betraten, sahen sie Frau Stolte in ihrem eigenen Blut liegen. Köstel befühlte ihre Schlagader und stellte fest, dass sie noch lebte.

„Schnell", rief Köstel, „rufen Sie den Notarzt, sie lebt noch."

Dann beugte er sich über sie und fragte:

„Hören Sie mich, ich bin von der Polizei, haben Sie die oder den Täter erkannt?"

Sagen konnte Frau Stolte nichts mehr, sie röchelte nur noch. Dann hörte man auch schon den Notarztwagen kommen.

Schnell eilten die Sanitäter und der Notarzt herbei. Doch leider konnten sie nur noch den Tod feststellen. Es war schon zu spät. „Gut, dass Frau Wilde heute erst ihre Wohnung betreten

hat", bemerkte Köstel, „wer weiß, wie das ausgegangen wäre?"

Nun überschlugen sich die Ereignisse. Zuerst
wurde die Spurensicherung gerufen. Der Notarzt untersuchte in der Zwischenzeit die Tote.
Drei Einstiche im Brustbereich sowie einen größeren Schnitt am Hals protokollierte er.

„Alles Weitere überlasse ich dem Pathologen",
sagte er und stellte gemäß seiner Untersuchung
den Totenschein aus. Köstel informierte Dr.
Wester, den er doch noch gerne an Ort und
Stelle gehabt hätte. Er dachte, vielleicht findet er
noch etwas, was der Notarzt eventuell übersehen hat. Zur gleichen Zeit, die Spurensicherung
hatte ihre Arbeit aufgenommen. Köstel, Olk und
Olsen wurden vom Leiter der Spurensicherung
aufgefordert, die Räumlichkeit zu verlassen. Zuerst müssten sie ihre Arbeit erledigen, dann
könnten sie sich ungestört umsehen. Unzählige
Fotos wurden gemacht. Jeder Winkel des Hauses wurde durchsucht. Die Mordwaffe fand
man leider nicht. Köstel fragte noch:

„Haben Sie einen Laptop gefunden?" „Nein",
war die Antwort.

„Schade, dass es bis Rendsburg nur ein paar Kilometer sind", bemerkte Olk, „eine Absperrung

60

wird sich nicht lohnen, mit Sicherheit sind die Täter bereits im Stadtgebiet."

Als Dr. Wester eintraf, waren 45 Minuten vergangen. Auch er untersuchte noch einmal die Tote, sagte dann aber:

„Zur genaueren Untersuchung benötige ich sie in der Pathologie."

Die zum Abtransport der Toten eingetroffenen Männer bekamen dann auch den Auftrag, sie in die Pathologie zu bringen.

Danach befragten sie die unmittelbaren Nachbarn.

Die genau gegenüberliegenden Nachbarn, ein älteres Ehepaar, befragte Olsen zuerst. Er läutete und die Tür öffnete sich:

„Guten Abend, Olsen ist mein Name. Ich bin von der Mordkommission und habe einige Fragen an Sie. Ist Ihnen heute hier etwas Merkwürdiges aufgefallen?"

„Nein, nichts Besonderes", antwortete er, so gegen 16:00 Uhr habe ich den Wagen ihres Freundes vor dem Haus gesehen und auch wie sie sich verabschiedeten. Ich habe in dieser Zeit meine Hecke geschnitten und dann den gleichen Wagentyp gegen 17:30 Uhr wieder vor dem Haus gesehen. Nach 10 Minuten kamen diese Männer wieder aus dem Haus und stiegen ein. Ich habe mir die zwei Männer nicht mehr genau angesehen, weil ich dachte, der Freund sei wohl wieder mit seinem Kumpel zurückgekommen."

Im Haus der Frau Wilde: Antje Stein, die mit der Befragung der restlichen Hausbewohner beauftragt war, machte sich nach jedem Gespräch ihre Notizen. Auch das Schloss an der Wohnungstür der Frau Wilde hatte sie auswechseln lassen. Zusätzlich wurde die Wohnungstür auf Wunsch von Frau Wilde, noch mit einem Riegelschloss über die gesamte Türbreite gesichert. Es war schon spät in der Nacht, als sich der Leiter der Spurensicherung Antje Stein zuwandte:

„Frau Kommissarin", sagte er, „wir haben unsere Arbeit getan, die Wohnung ist jetzt freigegeben."

Antje Stein setzte sich mit Köstel in Verbindung und meldete, dass sie die ihr übertragenen Aufgaben erledigt habe. Die Spurensicherung hat die Wohnung auch freigegeben.

„Antje", sagte Köstel, „auf keinen Fall lassen Sie Frau Wilde in ihrer Wohnung übernachten. Sie soll zu ihren Eltern fahren. Ich werde mich bei ihr melden. Die Täter könnten zurückkommen. Bitte begleiten Sie Frau Wilde."

Am anderen Morgen, Fiete Olsen setzte sich in seinen Wagen und fuhr noch einmal zur Wohnung der Frau Wilde. Bei dieser Gelegenheit, so hatte er sich den Morgen eingeteilt, wollte er auch Frau Klause, um ein Phantombild mit ihr zu erstellen, mit ins Präsidium nehmen. Doch als er vor der Wohnungstür der Frau Wilde stand bemerkte er, dass man mit dem alten Schlüssel die Tür nicht öffnen konnte. Die Schlösser wurden also ausgewechselt. Olsen ging sofort hinüber zu Frau Klause der Nachbarin und läutete:

„Guten Morgen Frau Klause! Ich bin gekommen, um Sie abzuholen."

„Gut, dass Sie kommen", sagte sie, „heute früh, so gegen 4:00 Uhr, glaubte ich etwas gegenüber gehört zu haben. Ich habe mir einen Morgenrock übergezogen und bin, ohne Licht einzuschalten, zu meiner Tür gegangen um durch den Spion zu gucken. Gesehen habe ich niemanden, der Flur ist leider nicht beleuchtet. Ich wollte Sie jetzt auch anrufen. In der Nacht konnte ich Sie ja nicht erreichen."

„In so einem Fall", erwiderte Olsen, „rufen Sie bitte beim nächsten Mal gleich die 110, dann kommt die Polizei sofort."

„Entschuldigen Sie bitte, aber daran habe ich nicht gedacht."

Der Kommissar meldete seinem Chef, was er an der Wohnungstür der Frau Wilde festgestellt hat.

„Olsen", sagte Köstel, „die Schlösser hat Antje neu einbauen lassen, sie hat auch die Schlüssel. Ich habe vergessen es dir zu sagen. Kommen Sie bitte mit Frau Klause ins Präsidium. Antje ist bereits auf dem Wege und holt Frau Monika Wilde."

Kapitel -13-

Wieder einmal brachte Kommissar Zufall wichtige Hinweise. Oberinspektor Köstel und Oberkommissar Olk saßen sich an Köstels Schreibtisch gegenüber. Olk sah Köstel an:

„Dann ist jetzt wohl die Spurensicherung unser einziger Anhaltspunkt", kam es mehr oder weniger bedrückt aus seinem Munde.

„Ja", sagte Köstel, „es sieht wohl so aus. Aber warten wir doch einmal ab, was uns das zu erstellende Phantombild bringt."

Doch dann! Mit einem strahlenden Gesicht betrat Antje Stein das Büro.

„Chef", rief sie und hielt einen Bogen, auf dem ein Bild zu sehen war, in die Höhe.

„Ich komme soeben von der Verkehrsüberwachung. Dort habe ich die Kollegen angesprochen und nachgefragt, ob sie eventuell etwas im Kasten haben. Ich habe einen Moment warten müssen, dann aber gab man mir diese Fotos. Mit einem mobilen Geschwindigkeitsmesser habe man gestern um 16:51 Uhr, diesen VW-Passat mit hoher Geschwindigkeit kommend, am Ortsausgang geblitzt." R„Auch ein blindes Huhn…", dachte Köstel lächelnd und nahm die

Aufnahmen entgegen. Zwei Personen konnte man erkennen.

„Antje, ich danke Ihnen. Das haben Sie sehr gut gemacht, weiter so."

Oberkommissar Olk, der sich ebenfalls diese Aufnahmen ansah, bemerkte:

„Wenn diese Personen mit den zu erstellenden Phantombildern übereinstimmen, sind wir einen großen Schritt weiter."

„Dem stimme ich zu", erwiderte Köstel.

„Antje fahren Sie doch bitte gleich zu der Familie Wilde und holen Sie Frau Monika Wilde ab. Ich bin überzeugt, sie wird uns die größte Hilfe sein."

Olk nickte mit dem Kopf:

„Wenn diese zwei Personen etwas damit zu tun haben, müsste Frau Wilde zumindest einen der Insassen erkennen."

Fiete Olsen, der Frau Klause abgeholt hatte, war auch in der Zwischenzeit wieder eingetroffen.

„Kommen Sie bitte mit", sagte er zu ihr, „wir gehen jetzt zu unserem Spezialisten und dort werden wir die Phantombilder erstellen."

„Hallo Kollege", grüßte Olsen, „hier bringe ich Ihnen Frau Klause. Mit ihr erstellen Sie bitte die zwei Phantombilder." Dann sagte er:

„Frau Klause, wenn Sie hier fertig sind, bringe ich Sie wieder nach Hause." Danach entfernte sich Kommissar Olsen.

„Nun Frau Klause, dann wollen wir mal beginnen. Zuerst erzählen Sie mir bitte einmal, wie sahen diese Männer aus? Waren sie groß, schlank, hatten sie ein rundes Gesicht, hatten sie viel oder wenig Haare, trug einer einen Scheitel, hatte einer eine große oder kleine Nase, hatten sie einen kleinen oder großen Mund und vor allem, wie waren seine Augen?"

Herr Kommissar, Sie fragen aber auch viel auf einmal."

„Ich fange mal an und Sie sagen mir dann, ob ich richtigliege, oder ob ich etwas ändern soll. Ich zeige Ihnen jetzt ein ganz normales Gesicht und dann machen wir weiter."

Es dauerte eine ganze Weile. Mal waren es zu viel Haare, dann wieder zu wenig. Dann war die Nase nicht richtig. Einige Male musste der Mund geändert werden und vor allem die Augen. Nach gut zwei Stunden war es dann so weit. Der Kollege druckte die Phantombilder aus: „Ja Herr Kommissar", sagte sie und zeigte unmissverständlich auf diese Computerbilder, „so sahen die Männer aus!"

Anschließend ging er mit Frau Klause wieder hinunter und übergab Köstel die angefertigten Phantombilder. Fiete Olsen brachte, wie versprochen, Frau Klause wieder nach Hause.

„Jetzt warten wir noch auf Frau Wilde", sagte Köstel, „und dann können wir loslegen."

Es läutete das Telefon. Oberkommissar Olk nahm den Hörer und meldete sich:

„Ja Olk hier, Sonderkommission Kiel. Was kann ich für Sie tun?"

„Moin Moin, hier ist die Verkehrsleitstelle Hamburg. Die Firma Importexport aus Hamburg hat uns heute den Diebstahl eines VW Passat gemeldet. Laut Aussage der Firma muss das Fahrzeug schon vor drei oder vier Tagen gestohlen worden sein. Bei der Vielzahl ihrer Fahrzeuge habe man das Fehlen des Fahrzeugs erst heute bemerkt."

„Danke Kollegen, wir werden uns mit dieser Firma beschäftigen."

Antje Stein und Frau Monika Wilde betraten den Raum.

„Wunderbar", frohlockte Köstel, „Frau Wilde ich begrüße Sie. Soeben haben wir auch die

Phantombilder bekommen. Wir können loslegen. Kommen Sie, wir setzen uns dort an den Tisch."

Köstel holte die bei der Verkehrskontrolle gemachten Bilder. Dann legte er die verblüffend ähnlichen Phantombilder daneben. Nun sollte sich Monika Wilde diese Bilder in aller Ruhe ansehen. Es bedurfte keine fünf Sekunden und sie sagte gleich:

„Ja den kenne ich. Das ist Freddy, so nannte ihn Möller. Leider kenne ich seinen Nachnamen nicht. Ich glaube aber, der wohnt in Hamburg. Die andere Person kenne ich nicht."

„Frau Wilde", sagte Köstel, „Sie haben uns sehr geholfen. Passen Sie aber gut auf sich auf. Sollte Ihnen etwas verdächtig vorkommen, rufen Sie sofort die Nummer 110. Ich würde ohnehin vorschlagen, Sie wohnen vorerst noch bei Ihren Eltern. Man kann nie wissen. Auf Wunsch bekommen Sie auch Personenschutz. Ich vermute, die Mörder gehen jetzt auch davon aus, dass Sie die letzte Zeugin sind. Also Vorsicht!!"

Oberinspektor Köstel und Oberkommissar Olk berieten sich."

Wenn wir die ganze Bande haben wollen, müssen wir äußerst vorsichtig an die Sache herangehen", bemerkte Köstel.

„Ich schlage vor", erwiderte Olk, „Sie fahren mit Ihren Leuten nach Hamburg und holen sich dort Ihre Auskünfte. Ich werde mit meinen Leuten noch einmal die beiden Wohnungen in Augenschein nehmen. Wenn ich Glück habe, werde ich doch noch etwas über den Rauschgifthandel finden und wenn es kleinste Hinweise sind. Ich bin überzeugt, dass ohne Kenntnis der beiden Frauen, die Gangster ihre Geschäfte über diese Wohnungen abgewickelt haben. Der Hinweis von Frau Dr. Krumme wird uns auch eine Hilfe sein"

„Okay", sagte Köstel, „schreiten wir zur Tat."

Nun machten sich beide Gruppen auf den Weg. Olk in Richtung Rendsburg und Köstel in Richtung Hamburg. Köstel, der alte Fuchs, fuhr zunächst erst einmal in einem langsamen Tempo, am Betriebsgelände vorbei. Es war ein doch relativ großer Fahrzeugpark, der zu sehen war. Köstel wollte einen ersten Eindruck gewinnen.

„Der erste Eindruck ist oftmals der Beste", dachte er.

Nachdem er gewendet hatte, blieb er einige Meter vor dem Anwesen stehen.

„Antje", sagte er, „steigen Sie hier aus. Ich weiß zwar noch nicht warum Sie hier aussteigen sollen, aber es kann mal für uns von großer Wichtigkeit sein."

„Der hat doch bestimmt wieder etwas Besonderes vor", dachte sie und stieg aus. Sie fuhren auf das Betriebsgelände. Köstel und Olsen stiegen aus und sahen sich ein wenig um. Am Eingang zu den Büros entdeckten sie einen jungen Mann.

„Hallo", rief Köstel, ich möchte gern die Chefin oder den Chef sprechen. Köstel ist mein Name. Ich komme wegen des gestohlenen Fahrzeugs."

„Die Chefin, Frau Linsen, hat ihr Büro im Erdgeschoss. Gehen Sie dort hinein und dann geradeaus am Ende des Ganges die rechte Tür."

Köstel und Olsen gingen wie ihnen angesagt und klopften an:

„Ja bitte", war zu hören. Dann traten sie ein.

„Guten Tag, Köstel ist mein Name und das hier ist mein Kollege Herr Olsen. Frau Linsen, wir sind von der Polizei und kommen wegen des gestohlenen Fahrzeugs", sagte er und wartete nun darauf, dass sich die ältere Dame äußere. Doch etwas überrascht schaute sie die beiden an:

„Was für ein Fahrzeug?", fragte sie, „mir ist nicht bekannt, dass uns ein Fahrzeug gestohlen wurde."

„Sie haben also den Verlust des Fahrzeugs nicht angezeigt?", fragte Köstel.

„Wenn ich Ihnen das sage, dann können Sie mir das ruhig glauben", erwiderte sie, „ich empfehle Ihnen in dieser Angelegenheit einmal mit unserem Prokuristen, Herrn Friese, zu sprechen. Der kann Ihnen bestimmt Ihre Fragen beantworten."

„Und wo finde ich den Herrn Friese?", fragte Köstel.

„Herr Friese hat sein Büro eine Etage über mir, der gleiche Flur, nur dann die Tür mir gegenüber."

„Gnädige Frau, eine Frage hätte ich noch. Mit welchen Produkten handeln Sie?"

„Mit Futtermittel und mit Getreide", antwortete sie.

„Ich danke Ihnen, dass Sie mir Ihre Zeit geopfert haben.

Ich wünsche Ihnen eine gute Zeit."

Köstel und Olsen verließen das Büro und begaben sich in die nächste Etage. Oben angekommen klopfte Köstel an die Tür:

„Ja bitte", hörten sie, dann betraten sie das Büro.

„Guten Morgen", sagte er, „Köstel ist mein Name und das hier ist mein Kollege Olsen. Herr Friese, Sie haben den Verlust eines Fahrzeugs angezeigt. Leider sind bei der Anzeigenaufnahme unseren Kollegen einige Fehler unterlaufen. Sie werden verstehen, dass wir, um eine Fahndung anlaufen zu lassen, noch einige Fragen haben."

„Ja, schießen Sie los", antwortete er.

„Meine erste Frage wäre: Was hatte der Wagen für eine Farbe und war er mit einem Schriftzug versehen?"

Mit dieser simplen Frage wollte Köstel den Prokuristen aus der Reserve locken.

„Unsere Fahrzeuge haben alle eine Farbe, Blau mit unserem weißen Schriftzug - Importexport - und darunter Linsen GmbH. Schauen Sie sich die auf dem Hof stehenden Fahrzeuge an. Bei dem gestohlenen Passat war dieser Schriftzug an den beiden vorderen Türen."

Dann Köstel:

„Als wir hier ankamen, schickte man uns aber zuerst zu Frau Linsen. Doch die alte Dame wusste von nichts."

„Das stimmt", sagte Friese, wir wollen sie doch nicht mit jeder Kleinigkeit belasten. In einem halben Jahr übernimmt ihr Enkel hier das Ruder."

„Nun ja", sagte Köstel, „das geht uns ja auch nichts an. Trotz allem, Sie haben uns sehr geholfen. Sollten wir zu einem späteren Zeitpunkt noch Fragen haben, werden wir uns melden. Für heute bedanken wir uns und sagen Auf Wiedersehen."

Köstel und Olsen verließen das Betriebsgelände, gingen zu ihrem Wagen und setzten sich hinein.

„Chef", sagte Antje Stein, als sie eingestiegen waren, „das hat aber lange gedauert."

Köstel lächelte:

„Gut Ding braucht Weile."

Er war davon überzeugt, seinem Ziel, in die Spitze einzudringen, einen Schritt näher gekommen zu sein. Auf der Heimfahrt philosophierte er mit seinen beiden Mitstreitern:

„Unserem Ziel", so Köstel, „haben wir uns genähert. Jetzt müssen wir nur darauf warten, dass sie einen Fehler machen und uns ein weiteres Stück nach vorne bringen."

„Ich wette", sagte Olsen, „den Wagen werden wir bald ausgebrannt wiederfinden."

Er sollte recht haben.

Oberkommissar Olk war in der Zwischenzeit auch mit seiner Crew eingetroffen. Zuerst, so hatten sie es sich vorgenommen, sollte das Haus der toten Frau Stolte unter die Lupe genommen werden. Sie staunten nicht schlecht, als sie die Wohnung betraten und die Tür zur Terrasse wieder wie ein Scheunentor offenstand. Erneut alarmierten sie die Spurensicherung, die auch eine halbe Stunde später ihre Arbeit aufnahm. Dass die Gangster dieses Mal durch die Terrassentür das Haus betraten, war nicht zu übersehen. Die Tür wurde gewaltsam geöffnet.

„Etwas muss es in diesem Hause geben, sonst wären sie nicht zurückgekommen", bemerkte Olk.

Die Spurensicherung beschäftigte sich zuerst mit dem erneut durchwühlten Wohnzimmer. Jedes auch noch so unbedeutende Stück wurde bis ins Kleinste in Augenschein genommen. Olk begab sich mit seinen Männern in die obere Etage. Sein Mitarbeiter Tiele entdeckte eine zum Dachstuhl führende Luke.

„Chef", sagte Kommissar Tiele, „das dort oben möchte ich mir näher ansehen."

Die Luke war fest verschlossen und konnte nur mit einem Spezial Haken geöffnet werden. Es wurde die Spurensicherung hinzugezogen und man öffnete diese Luke. Tiele war relativ sportlich und stieg als Erster durch diese Luke. Er richtete sich auf und machte ein paar Schritte. Dann hörte man nur noch seine Worte:

„Ach du lieber Gott, das müsst Ihr sehen!"

Oberkommissar Olk, der nun neugierig wurde, stieg als nächster die Leiter hinauf. Sie sahen einen Taubenschlag mit verschlossener Flugklappe. Fünf Tauben waren im Schlag, die sich ängstlich in die äußerste Ecke verkrochen.

„Ein Taubenfachmann muss herbeigeholt werden", sagte der Leiter der Spurensicherung.

„Das ist nicht notwendig", antwortete ihm darauf sein untenstehender Mitarbeiter, „ich kenne mich mit Tauben aus."

Dann stieg auch er die Leiter hinauf und schaute sich den Taubenschlag an.

Köstel, der bereits die Rückreise angetreten hatte und sich auf der A7 befand, bekam von diesem Fund per Handy die Nachricht.

„Ich bin bereits kurz vor Rendsburg. In etwa vierzig Minuten bin ich bei euch", antwortete er dem anrufenden Oberkommissar Olk.

Köstel hatte sich in der Zeitangabe verschätzt. Bereits nach zwanzig Minuten hatte er das Haus der Frau Stolte erreicht. Er wurde bereits erwartet:

„Kommen Sie", sagte Oberkommissar Olk, „das müssen Sie sehen."

Köstel folgte ihm und schaute sich auch diesen Taubenschlag an.

„Donnerwetter", sprühte es aus Köstel heraus, „das ist ja mal eine ganz andere Methode, Nachrichten zu übermitteln."

Der Taubenfachmann der Spurensicherung holte eine Taube aus dem Schlag und begutachtete sie:

„Diese Tauben sind nicht nur zur Übermittelung von Nachrichten gedacht. Schauen Sie sich diese Taube einmal richtig an", sagte er und zeigte mit dem Finger auf eine kleine Vorrichtung.

„Mit so einer Halterung können die Gangster bis zur Belastbarkeit der Taube und das sind einige Gramm, hochwertiges Rauschgift transportieren", bemerkte er und setzte die Taube wieder in den Schlag. Köstel und Olk waren sich darin einig, diese Entdeckung ist Gold wert.

„Ich schlage vor", sagte Köstel, „wir erarbeiten uns jetzt einen Schlachtplan, der uns die Möglichkeit gibt, gezielt und systematisch vorzugehen."

„Die Tauben werden uns ein gewaltiges Stück weiter bringen", ergänzte Kommissar Olk.

Köstel überlegte, dann gab er seinen beiden Mitarbeitern den Auftrag, sich in der Nachbarschaft einmal zu erkundigen, seit wann es diesen Taubenschlag gibt. Überall, wo sich diese beiden auch erkundigten, bekamen sie die Antwort, diesen Taubenschlag, den gibt es schon sehr viele Jahre.

„Ihr Vater war ein Taubenliebhaber und hatte sich diesen Schlag gebaut", sagte einer der Nachbarn.

Nachdem Köstel und Olk von diesen Nachrichten Kenntnis hatten, setzten sie sich zusammen und berieten ihre nächsten Schritte. Antje Stein und Fiete Olsen bekamen den Auftrag, sich noch einmal bei der Firma Importexport umzusehen. Jetzt wusste Antje auch, warum sie beim ersten Besuch so früh aussteigen musste. Antje Stein sollte sich ganz unauffällig erkundigen, ob Freddy anwesend sei.

„Dieser Freddy", so sagte Köstel, „wird uns zu den Bossen bringen."

Die beiden setzten sich in ihren Wagen und fuhren nach Hamburg. Wie beim letzten Mal blieb auch Fiete einige Meter vor dem Betriebsgelände stehen. Antje Stein stieg aus und ging zum Eingang des Betriebsgeländes. Sie hatte Glück, im Eingang zu diesem Anwesen war gerade ein Mitarbeiter damit beschäftigt, die Laufschiene der Toreinfahrt zu reinigen.

Mit den Worten:

„Wo kann ich den Freddy finden?", sprach sie diesen Mitarbeiter an.

„Einen Freddy gibt es bei uns nicht", war seine Antwort.

„Er hat mir aber doch gesagt, er arbeitet hier als LKW- Fahrer."

„Junge Frau, wenn ich Ihnen sage, es gibt bei uns keinen Freddy, dann dürfen Sie es mir glauben. Schließlich bin ich hier der Pförtner und kenne jeden."

Antje Stein und Fiete Olsen schauten sich noch einmal um. Einen Taubenschlag konnten sie aber nicht entdecken. Beide setzten sich daraufhin in ihren Wagen und fuhren wieder zurück.

Ihre Recherchen, berichteten sie nun Köstel und Olk.

„Schauen wir mal", sagte Köstel, „es kann ja sein, dass dieser Wagen tatsächlich von den beiden gestohlen wurde und Friese mit der ganzen Sache nichts zu tun hat.

Kapitel -14-

Ob Chefin oder Chef, wer hinter dem Pseudonym der >Doktor< stand, wusste niemand. In einschlägigen Kreisen tuschelte man hinter vorgehaltener Hand, dass es sich um eine angesehene Person handele. Freddy Brockmeier und sein Kollege waren damit beauftragt, den Stoff an die kleinen Dealer zu verteilen. Einen direkten Kontakt zu ihrer Führungsspitze hatten sie nicht. Mindestens einmal im Monat wurden sie mit neuen Handys und neuen Nummern versorgt. Die Handynummern zu der Führungsspitze waren ihnen unbekannt. Wurden sie mit neuem Stoff versorgt, so geschah dieses immer außerhalb von Hamburg. In einem VW-Bus, in dem die Scheiben verdunkelt waren, vollzogen sich die Abrechnungen und auch die Übergabe des neuen Stoffs.

Per Handy hatten sie den Auftrag erhalten, den gestohlenen VW-Passat zu entsorgen. Einen Vollzug konnten sie daher nicht vermelden. Sie mussten warten, bis dass per Handy der Rapport abgefragt wurde. Es war Monatsende. Eine neue Übergabe sollte in den nächsten zwei Tagen stattfinden. Brockmeier und Klein wurden schon ungeduldig.

„Eigentlich hätten wir doch schon längst eine Nachricht bekommen müssen", sagte Brockmeier. Und sein Kollege meinte:

„Vielleicht hat das was mit der Stolte zu tun."

Um zu speisen, saßen sie in ihrem bevorzugten Restaurant >zur Barkasse<. Der Ober kam und fragte, was die Herrschaften trinken möchten:

„Bringen Sie uns bitte jedem ein Pils und Speisen möchten wir auch", sagte Brockmeier. Der Ober holte die Speisekarte, gab sie den Beiden und bemerkte:

„Das Pils ist in Arbeit."

Es vergingen zwei drei Minuten, doch dann auf einmal, Freddys Handy machte sich bemerkbar. Er holte es aus seiner Tasche und meldete sich:

„Ja bitte."

„Auf der B75 in Richtung Ahrensburg ist auf der rechten Seite ein kleiner, im Wald gelegener Parkplatz, dort fahren Sie hinein und warten. Versuchen Sie pünktlich zu sein, wir erwarten Sie dann so gegen 23:00 Uhr." „Okay", sagte Freddy.

„Es ist jetzt 19:00 Uhr", sagte sein Kollege, „wir haben also noch genügend Zeit, um zu speisen."

Es war inzwischen 21:00 Uhr, sie setzten sich in ihren Wagen und fuhren zu dem angewiesenen Parkplatz. Einige Kilometer waren sie schon gefahren als Brockmeier sagte:

„Es ist doch eigenartig, immer wenn wir in unserem Lokal sitzen, bekommen wir diesen besagten Anruf. Man könnte schon meinen, wir werden dort beobachtet."

Nach weiteren 10 Minuten hatten sie den Parkplatz erreicht. Abends im Dunkeln sah die ganze Geschichte schon etwas merkwürdig aus. Nun läutete das Telefon von seinem Kollegen. Er nahm sein Handy und sagte nur: „Ja."

„Fahren Sie zwei km weiter und nehmen Sie dort den nächsten Parkplatz. Ein Parkplatz in entgegengesetzter Richtung liegt dem gegenüber."

Sie setzten ihr Fahrzeug in Bewegung und folgten der neuen Anweisung. „Schon komisch, so etwas haben die ja noch nie mit uns gemacht", murmelte Freddy vor sich hin.

Dort angekommen, der Parkplatz war leer. Ihnen blieb also nichts anderes übrig, als zu warten. Nach einigen Minuten war es dann so weit, ein mit verdunkelten Scheiben kommender VW-Bus, stellte sich vor das Fahrzeug der beiden. Ein kurzes Anläuten ihrer Handys zeigte ihnen an, dass sie nun in den Wagen kommen sollten. Brockmeier und sein Kollege gingen hinüber. Kaum waren sie im Inneren des Fahrzeugs, fragte auch schon einer der Kapuzenmänner:

„Habt Ihr den Auftrag so ausgeführt, wie wir es euch gesagt haben."

„Ja", antwortete Freddy, „außer Eisen und Blech ist nichts übriggeblieben. Der Wagen ist jetzt clean."

„Wir müssen aber jetzt äußerst vorsichtig sein", sagte ein anderer Kapuzenmann. Anschließend rechneten die beiden ab, um dann wieder den neuen Stoff in Empfang zu nehmen.

Kapitel -15-

„Köstel", sagte Olk, „was halten Sie davon, wenn wir die KTU beauftragen, einmal zu überprüfen, ob uns die Tauben tatsächlich eine Hilfe sein können, wenn wir sie mit einem Sender versehen. Das wäre doch machbar."

„Nicht schlecht", sagte Köstel, „probieren wir es doch einmal:

„Hallo Kollegen", sagte Köstel, „in dem Haus der Ermordeten haben wir einen ganz unauffälligen Taubenschlag gefunden. Unsere Frage an euch wäre, kann man diese Tauben mit einem Sender ausstatten? Ich könnte mir vorstellen, durch so eine Aktion näher an die Bande heranzukommen. Prüft es bitte und gebt uns dann eine Nachricht. Ich bau auf euch, also viel Erfolg und tschüss."

Köstel hatte den Hörer gerade wieder aufgelegt, als der Leiter der Spurensicherung sein Büro betrat:

„Moin Köstel", grüßte er, „wir haben das Haus bis in den kleinsten Winkeln auf den Kopf gestellt. Gefunden haben wir jede Menge Fingerabdrücke. Diese werden im Augenblick mit un-

serer Kartei abgeglichen. Ich habe aber hier etwas Anderes für Sie, das müssen Sie sich anschauen. In einem Abfallsack, den wir ausge-
schüttet haben, fanden wir diese Werbestreich-
hölzer. Vielleicht können sie sich dort einmal
umschauen."

„Danke", sagte Köstel, nahm die Streichhölzer
und schaute sich diese an. Zu lesen war >Zur
Barkasse<. Köstel hatte eine Idee, er stimmte
sich mit seinem Kollegen ab, dann sagte er zu
seiner Mitarbeiterin:

„Antje, fahren Sie heute mit Fiete nach Hamburg und machen sich in diesem Lokal einen
schönen Abend. Schauen Sie sich dort genau um
und achten Sie besonders darauf, welche Gäste
dort verkehren. Sicherheitshalber nehmen Sie
sich das von der Verkehrspolizei gemachte Foto
mit. Immerhin besteht die Möglichkeit, dass
diese Personen dort erscheinen. Sollte das der
Fall sein, dann achten Sie darauf, ob sie zu ir-
gendjemandem Kontakt aufnehmen. Wenn ja,
dann schicken Sie mir bitte eine SMS."

Antje und Fiete suchten dieses Lokal auf. Sie
hatten Glück und bekamen genau gegenüber
der Theke einen Tisch. Der Oberkellner kam
und fragte:

„Möchten die Herrschaften speisen?"

„Ja", antwortete Fiete, „bringen Sie uns bitte die Speisekarte."

„Und was möchten Sie trinken", fragte er weiter.

„Bringen Sie uns eine Cola und ein Naturwasser."

Der Ober brachte die Speisekarte. Ganz unauffällig schauten sie sich beim Studieren der Speisekarte um.

Soweit sie es überblicken konnten, war keine der ihnen bekannten Personen anwesend.

Der Ober kam, brachte die Getränke und nahm die Bestellung auf.

„Zweimal die Empfehlung des Hauses", sagte Fiete.

Um aber das ganze Lokal zu überblicken, begab sich Antje zur Toilette. Sie kam wieder zurück.

„Einen Bekannten habe ich nicht gesehen", sagte sie.

25 Minuten waren vergangen, als der Ober das Essen brachte.

„Guten Appetit", sagte er und entfernte sich wieder. Einen guten Appetit wünschten sich auch die beiden. Mit dem, was ihnen serviert wurde, waren sie sehr zufrieden. In den folgenden neunzig Minuten hatte sich nichts getan. Doch dann auf einmal, ein junger Mann betrat das Lokal und ging direkt zur Theke.

„War Freddy schon hier", fragte er, „nein", antwortete der Mann hinter der Theke, „heute war noch niemand hier.

Antje und Fiete spielten ein Liebespaar, sie hatten beide ihre Hände auf dem Tisch liegen und drückten sie fest. Jetzt wussten sie, dass sie einen Erfolg verbuchen konnten. Einige Minuten danach riefen sie den Oberkellner und bezahlten ihre Rechnung.

„Waren Sie zufrieden", fragte dieser.

„Ja", sagte Fiete, wir kommen wieder. Anschließend gingen sie zu ihrem Auto und meldeten sich sofort bei ihrem Chef.

„Chef", sagte Antje, „die Personen, die wir gesucht haben, waren leider nicht hier. Wir konnten jedoch beobachten, wie ein junger Mann das Lokal betrat und sich nach Freddy erkundigte. Jetzt bin ich überzeugt, wir sind auf dem richtigen Wege.

„Okay", sagte Köstel, „dann sehen wir uns morgen im Büro wieder." Danach besprachen Köstel und Olk die neue Situation.

Antje Stein und Fiete Olsen waren stolz, einen solchen Erfolg zu vermelden.

Am anderen Tag meldete sich die KTU und schickte einen Spezialisten vorbei.

„Herr Oberkommissar", sagte dieser, „Ihr Vorhaben ist machbar. Können wir uns diese Tauben einmal ansehen?"

„Ja, fahren sie dorthin. Wie sie wissen, wird dieses Haus Tag und Nacht bewacht." Kommissar Thiel bekam den Auftrag, den Spezialisten zu begleiten. An eine Taube befestigte der Spezialist einen Minisender.

„Es funktioniert", sagte er, nachdem er den Sender angebracht hatte.

„Welche Reichweite hat solch ein Sender?", fragte Tiele.

„Nach unseren Erfahrungen beträgt die Reichweite ca. 70 Kilometer. Jedoch in einem Umkreis von 30 Kilometern kann dann die Taube genau lokalisiert werden."

„Das ist ja eine tolle Sache", bemerkte Tiele, dann setzte er sich mit Olk und Köstel in Verbindung.

„Es hat geklappt, wir könnten mit der Aufklärung beginnen", sagte er den beiden. Vierundzwanzig Stunden später begannen die Vorbereitungen. Olk plädierte dafür, doch zwei mobile Empfangsstationen einzusetzen. Es sollte eine Station in Kiel auf Empfang stehen und die andere, so empfahl er, in Hamburg.

„Wir haben fünf Versuche", sagte Köstel, „ich hoffe doch, dass wir nicht alle benötigen. Darum schlage ich vor, wir beginnen mit unserer ersten Aktion in der Nacht. Ich bin der Meinung, dass wir zu dieser Zeit die geringsten Störungen haben."

Dem stimmte Olk zu. Die KTU stellte die notwendigen mobilen Empfangsstationen zur Verfügung. Olk und Tiele übernahmen das Gebiet Hamburg. Köstel und Antje Stein übernahmen den Großraum Kiel. Fiete Olsen übernahm Rendsburg und übermittelte per Handy, in welche Richtung die Taube sich auf den Weg macht. Dann war es so weit. Einige Male umkreiste sie das Haus. Ja, sie setzte sich sogar wieder aufs Dach und wartete darauf, dass der Schlag sich öffnet. Gut zwei oder drei Minuten blieb sie sitzen. Doch dann drehte sie noch einmal einige Runden um das Haus, bevor sie sich in Richtung

Hamburg auf den Weg machte. Fiete Olsen beobachtete die Taube. Als er die Richtung genau bestimmen konnte, griff er zu seinem Handy und meldete, in welche Richtung die Taube fliegt.

„Dann warten wir einmal ab", sagte Olk.

Es dauerte eine ganze Weile, doch dann, die ersten Signale wurden empfangen.

„Da ist sie ja schon", sagte Thiele, „schauen wir mal, in welchen Stadtteil sie sich niederlässt."

Sie näherte sich Hamburg und hatte bereits die Außenbezirke erreicht.

„Wohin mag sie fliegen", fragten sich die beiden. Die Taube steuerte den Westen von Hamburg an. In einer gut gesitteten Wohngegend ließ sie sich dann nieder. Es begann nun die Kleinarbeit. Zuerst wurde Köstel informiert.

„Olk", sagte Köstel, „versuchen Sie so nahe wie möglich an den Landeplatz heranzukommen. Ich komme morgen zu Ihnen ins Büro, dort werden wir alles Weitere besprechen und unser weiteres Vorgehen festlegen. Für heute wünsche ich Ihnen eine gute Nacht."

Nach gut einer Stunde hatten sie das Haus, auf dem die Taube saß, gefunden. Die Taube konnte man nicht sehen. Jedoch zeigte der Sender an, dass sie auf diesem Haus mit Walmdach sitzt. Olk rief Köstel noch einmal an:

„Hallo, ich bin es wieder. Köstel wir haben das Haus gefunden."

„Okay, ich bin um 7:00 Uhr bei Ihnen. Wenn das so ist, dann wollen wir auch keine Zeit verlieren."

Köstel war es gewohnt, pünktlich zu sein. Bereits um 5:30 Uhr setzte er sich in seinen Wagen und fuhr los. Olk hat sein Büro in der dritten Etage. Köstel ging hinauf und klopfte an.

"Ja bitte", war von außen zu hören. Köstel öffnete die Tür:

"Guten Morgen Kollege Olk", grüßte Köstel und trat ein.

"Nun Kollege, dann erzählen Sie mir bitte, was Sie heute in der Nacht recherchiert haben."

"Es dauerte fünfunddreißig Minuten, bevor wir die ersten Signale empfangen konnten. Natürlich waren wir gespannt, welchen Stadtteil die Taube anvisieren würde. Wir haben dann schnell erkannt, dass sie den Westen Hamburgs auserwählt hatte. Mit unserem Peilwagen sind wir den Signalen gefolgt. Es war nicht schwer. Überrascht waren wir aber, als wir uns inmitten der Hamburger Prominenz wiederfanden. Wir haben das Haus, auf dem die Taube saß, sehr schnell gefunden.

Nun stehen wir aber hier vor einem Problem, das gar nicht so einfach zu lösen ist. Nach meiner Einschätzung ist der Kopf der Bande hier nicht zu suchen. Das Haus wird von einem hochrangigen Regierungsbeamten bewohnt. Ich kann es mir nicht vorstellen, dass diese Person in solchen Machenschaften verwickelt ist. Meine Vermutung ist, dass sich hier jemand den Eigenbedarf sichert."

Köstel war ein aufmerksamer Zuhörer. Viele Vorgehensweisen gingen ihm durch den Kopf. Aber im Augenblick konnte er sich zu keinem Vorgehen durchringen. Nur jetzt keinen Fehler machen, schwebte über all seinen Gedanken. Dann wandte er sich seinem Kollegen zu. Inzwischen hatten die beiden das „Sie" abgelegt und waren beim „Du".

"Sag mir deine Meinung, wie sollen wir vorgehen?", fragte er und wartete auf eine Antwort.

"Eine Idee hätte ich", antwortete ihm Olk.

"Wir sollten uns die exclusive Lage dieses Hauses zunutze machen. Ich bin mir sicher, bei den Nachbarn sind diese Tauben nicht gern gesehen. Tauben verursachen viel Dreck."

"Okay", sagt Köstel, "dann zäumen wir das Pferd von hinten auf."

Sie stimmten sich in ihrer Taktik ab und machten sich dann auf den Weg. Dort angekommen, schauten sie auf das an der Eingangstür stehende Schild. >Dr. Jochen Schnell< war zu lesen. Sie läuteten, nach gut einer Minute öffnete sich die Tür. Eine Dame, dunkel gekleidet mit einer weißen Schürze stand vor ihnen.

"Ja bitte", sagte die Hausdame.

„Guten Tag, Köstel ist mein Name und das hier, ist mein Kollege Olk. Wir hätten gerne Herrn Dr. Schnell gesprochen."

„In welcher Angelegenheit darf ich Sie melden?"

„Das können wir nur mit Herrn Doktor persönlich besprechen."

„Warten Sie bitte hier", sagte sie und schloss wieder die Tür. Dann ging sie in den Salon.

„Herr Doktor, entschuldigen Sie bitte die Störung. Da draußen stehen zwei Herren, Herr Köstel und Herr Olk. Die Herren möchten aber nur Ihnen ihr Anliegen vortragen."

„Die kommen bestimmt auch wieder wegen der blöden Tauben."

Dr. Schell war sofort erbost und sagte nur noch:

„Ich komme!"

Er begab sich zur Tür und öffnete sie. Köstel und Olk wollten sich gerade vorstellen. Bevor sie aber zu Wort kamen, legte Dr. Schnell gleich los: „Sie kommen doch auch bestimmt nur wegen der blöden Tauben meines Sohnes? Damit hatte ich schon so viel Ärger."

Olk schaltete sofort.

„Ja", sagte Olk, es kommen immer mehr Beschwerden. Dürfen wir uns denn den Taubenschlag einmal ansehen?"

„Ja kommen Sie, ich zeige Ihnen den Schlag." Er führte Olk und Köstel hinauf zum Dachboden. Als Olk die eine Taube im Schlag sitzen sah, fragte er: Darf ich?"

„Ja bitte", erwiderte Dr. Schnell und wandte sich Köstel zu.

„Ich habe ja nichts dagegen, dass mein Sohn ein Hobby hat. Aber gerade Tauben in dieser Wohngegend muss das sein? Jens sagt mir immer, wenn er bei seinen Tauben ist, finde er die Entspannung, die er zum Studium benötige."

Olk, der inzwischen zum Taubenschlag gegangen war, hatte sich die Taube angesehen und ganz unauffällig den Sender entfernt. Mit den Worten:

„Machen Sie bitte Ihren Einfluss dahin gehend geltend, dass Ihr Sohn die Tauben abschafft. Wir werden einen Vermerk in unseren Akten einbringen", ermahnte Olk noch einmal. Dann gingen sie wieder hinunter. In der Eingangstür stehend, bedankte sich Köstel:

„Danke, dass Sie so gut mit uns kooperiert haben", sagte er.

„Ja dann auf Wiedersehen die Herren, ach, wie waren doch noch Ihre Namen?"

„Olk ist mein Name und das ist mein Kollege Köstel."

Dann gingen die beiden zu ihrem Auto und fuhren ins Büro. Unterwegs resümierte Köstel:

„Der Mann hatte auch nicht die geringste Ahnung von dem, was sein Sohn so treibt. Den Jungen müssen wir aber im Auge behalten."

Anschließend fuhr Köstel wieder zurück nach Kiel.

In seinem Büro angekommen, meldete sich auch schon wieder die Spurensicherung:

„Hallo Köstel", hörte er, als er den Hörer abnahm, wir haben jetzt alle Fingerabdrücke abgeglichen und ausgewertet. Zunächst erst einmal diejenigen, die in unserer Kartei erfasst sind: Da wären Hein Möller, Freddy Brockmeier und ein gewisser Uwe Klein. Zwei Abdrucke haben wir gefunden, die nicht in unserer Kartei sind. Natürlich die Abdrucke der Frau Wilde und der Frau Stolte auch."

„Danke", mehr antwortete er nicht. Denn mit seinen Gedanken war er schon wieder einen Schritt weiter.

Unterdessen meldete sich eine ältere Frau beim Pförtner:

„Was kann ich für Sie tun?", fragte dieser.

„Entschuldigen Sie bitte, ich möchte zu Herrn Olsen. Wo finde ich ihn?"

„Gehen oder fahren Sie mit dem Fahrstuhl in die dritte Etage Zimmer 32, dort finden Sie Kommissar Olsen. Sie fuhr hinauf, klopfe an die Tür und hörte ein herein.

„Guten Tag Herr Kommissar", sagte sie, „kennen Sie mich noch, ich bin die Nachbarin der Frau Stolte."

„Natürlich kenne ich Sie, was haben Sie auf dem Herzen, ist Ihnen noch etwas eingefallen", wollte Olsen wissen.

„Ja", antwortete die ältere Frau, „ich hatte Ihnen doch gesagt, dass wir, mein Mann und ich glaubten, die Freunde der Frau Stolte seien noch einmal zurückgekommen, als wir ein zweites

Mal so ein Auto sahen. Wir haben uns wohl ge-
irrt."

„Kommen Sie", ermunterte Olsen die Nachbarin, „wir nehmen gleich ein Protokoll auf. Zuerst
sagen Sie mir bitte Ihren Namen."

„Mein Name ist Berta Büchel, meine Anschrift
haben Sie ja, nur eben Hausnummer fünfzehn."

„Frau Büchel, dann erzählen Sie mir doch einmal, was Sie so an diesem Tag gesehen haben."

„Nun Herr Kommissar, mein Mann und ich, wir
hatten uns gestritten. Ich habe ihm gesagt, er soll
die Hecke schneiden und er meinte, es werde
am Nachmittag regnen. Es regnete aber nicht.
Also richtete er sich sein Werkzeug, um die Hecke zu beschneiden. Wir wunderten uns, als gegen 16:00 Uhr der Wagen ihres Freundes plötzlich vor dem Hause der Frau Stolte stand.
Normal kommt Frau Stolte immer so gegen
17:00 Uhr von der Arbeit. Wir sahen, wie sich
der Besuch so kurz nach 16:15 wieder verabschiedete. Um diese Zeit begann mein Mann damit, die Hecke zu beschneiden. Meine Aufgabe
ist immer dabei, das abgeschnittene Grün zusammen zu harken. Ich dachte, der Freund und
sein Kumpel hätten etwas vergessen, als der
gleiche Wagen wieder vor dem Hause stand. Es

war so zwischen 17:30 Uhr bis 17:40 Uhr. Die Männer sind nur kurz in das Haus hineingegangen und kamen nach ein paar Minuten wieder heraus. Bei meiner Arbeit habe ich mir die Männer gar nicht so genau angesehen. Ich dachte nur, als ich sie einsteigen sah, seit wann trägt denn der Freund orthopädische Schuhe? Erst Tage später kam es mir wieder in den Sinn, was ich gesehen hatte. Sehen Sie, und deshalb sitze ich jetzt hier."

„Frau Büchel glauben Sie mir, Sie haben uns mit dieser Aussage sehr geholfen. Ich bedanke mich vielmals. Sie können auch gleich das Protokoll unterschreiben und wenn Sie es wünschen, fahre ich Sie anschließend nach Hause."

Nachdem Olsen nun seinem Chef dieses Protokoll vorgelegt hatte, wollte sich Köstel gleich mit Olk in Verbindung setzen. Köstel hatte schon den Hörer in der Hand, als Kriminalrat Dr. Schlauer das Büro betrat:

„Köstel", legte der gleich los, „ich habe schon ein paar Tage nichts mehr von Ihnen gehört. Wie weit sind Sie gekommen? Was können Sie mir berichten?"

„Herr Dr. Schlauer, für dieses Verhalten kann ich mich nicht einmal entschuldigen. Wir alle waren in den letzten drei Tagen so im Stress, dass wir nicht einmal richtig Luft holen konnten. Aber ich kann Sie beruhigen, wir stehen kurz vor der Aufklärung. Wir kennen sie nun alle, auch den Kopf der Bande! Was die Festnahme angeht, werde ich mich heute noch mit Herrn Olk abstimmen. Bei diesen Leuten finden wir dann auch die Mörder. Bitte haben Sie noch etwas Geduld."

„Köstel, wenn Sie die Bande festgenommen haben, lassen Sie es mich wissen. Bei diesem Ereignis möchte ich dabei sein. Ich werde dann ja bald etwas von Ihnen hören. Viel Erfolg!" Mit diesen Worten verabschiedete sich wieder Kriminalrat Dr. Schlauer.

Kapitel -16-

Nun griff Köstel erneut zum Hörer und setzte sich mit Oberkommissar Olk in Verbindung. Köstel war erleichtert und das merkte man ihm an.

„Hallo Klaus", sagte Köstel, „den Durchbruch haben wir geschafft."

„Lass hören", war die Antwort, „aber auch ich kann etwas Entscheidendes vermelden."

Nun Köstel:

„Du kannst dich doch bestimmt noch an dieses, der Frau Stolte gegenüber wohnende Ehepaar, erinnern. Diese Frau kam heute zu uns ins Präsidium und machte eine weitere sehr interessante Aussage:

„Ich habe gesehen", sagte sie, „wie diese beiden zuletzt gekommen Männer ins Auto gestiegen sind. Dabei ist mir aufgefallen, dass einer der beiden Männer orthopädische Schuhe getragen hat. Leider war mir diese Beobachtung bei der ersten Befragung vor lauter Aufregung total entfallen." Nun Köstel weiter:

„Wenn ich mich nicht irre, hat Friese so einen Schuh getragen, als wir bei ihm waren. Ihr müsst so unauffällig wie möglich und so schnell wie möglich diese Beobachtung überprüfen. Und nun, was hast du zu vermelden?"

„Ja", sagte Olk, „dann werde ich jetzt mal loslegen. Unsere Kollegen haben in einer abgelegenen Kiesgrube einen völlig ausgebrannten, auf dem Dach liegenden VW Passat gefunden. Wir haben das Fahrzeug sofort in die KTU bringen lassen. Bei der genauen Untersuchung wurde dann festgestellt, dass es der von uns gesuchte Wagen ist. Die Gangster glaubten, eine perfekte Arbeit abgeliefert zu haben. Aber wie du weißt, steckt bekanntlich der Teufel im Detail. Das umliegende Gelände haben wir ebenfalls abgesucht und fanden eine Fußmatte, auf der Blutspuren gefunden wurden. Im Augenblick werden diese Spuren noch untersucht."

„Das passt gut zusammen", erwiderte Köstel, dann können wir sie ja bald festnehmen. Mein Vorschlag währe: Wir besuchen Friese und sagen ihm, dass wir den Wagen gefunden haben. Er konnte eindeutig als das gestohlene Fahrzeug identifiziert werden. Mach, was du für richtig hältst, aber sieh zu, dass du seine Schuhe eindeutig sehen kannst. Wenn du sie gesehen hast, melde dich. Wir werden dann alles Weitere besprechen."

Olk und sein Kollege Tiele machten sich auf den Weg und besuchten die Firma Importexport. Sie fragten, wo sie denn den Chef finden könnten.

„Kommen Sie bitte mit, ich führe sie dort hin", sagte der Mitarbeiter. Er klopfte an die Tür, und als ein >ja bitte< zu hören war, öffnete er sie und sagte:

„Chef, hier sind zwei Herren, die Sie sprechen möchten."

„Bitte kommen Sie herein", sagte er und zeigte mit der Hand zu einem runden Tisch, der mit fünf Stühlen bestückt war, „nehmen Sie dort bitte Platz."

Die beiden Kommissare bedankten sich.

„Meine Herren, was kann ich für Sie tun?", fragte er und setzte sich zu den Kommissaren an den Tisch.

„Wir kommen, um Ihnen mitzuteilen, dass wir das gestohlene Auto gefunden haben. Die Diebe haben es angezündet und in eine Kiesgrube gestürzt. Um der Täter habhaft zu werden, wurde das gesamte Umfeld abgesucht und alles in die KTU gebracht."

„Was mögen die wohl im Umfeld noch gefunden haben", waren Frieses Gedanken.

„Das war es eigentlich auch schon, was wir Ihnen sagen wollten. Sie können also jetzt mit Ihrer Versicherung abrechnen."

Olk stand auf und wollte schon zur Tür gehen, als der zur Tür näher sitzende Friese aufstand und sie den Kommissaren öffnete. Ja, Köstel hatte richtig beobachtet. Friese trug orthopädische Schuhe. Es war deutlich zu erkennen, dass der linke Schuh einen wesentlich höheren Absatz hatte, als der rechte Schuh.

„Meine Herren, ich danke Ihnen", dann begleitete er sie hinunter. Olk und Tiele gingen zu ihrem Auto. Bevor Olk das Fahrzeug in Bewegung setzte, sagte er noch:

„Das war ein voller Erfolg, wir müssen es gleich dem Köstel melden."

„Ja Chef", antwortete Tiele, „und zeigte ihm die mit dem Handy heimlich gemachten Fotos von den Schuhen.

„Wann haben Sie denn diese Aufnahmen gemacht?", wollte nun Olk wissen:

„Auf seinem Weg zur Tür", antwortete Tiele.

„Donnerwetter, ganz schön clever", schmunzelte Olk.

Olk rief nun Köstel an:

„Hallo Ferdi, Klaus hier. Wir kommen soeben von der Firma Importexport. Also, was du gesehen hast und auch Frau Büchel beobachtet hat, entspricht den Tatsachen. Es sind orthopädische Schuhe. Der linke Schuh hat einen wesentlich höheren Absatz. Das war nicht zu übersehen. Tiele hat auch noch mit seinem Handy heimlich Aufnahmen gemacht."

„Klaus ich glaube", sagte Köstel weiter, „jetzt ist es so weit. Ich schlage vor, wir senden nun der Firma den Bußgeldbescheid. Wenn sie diese Fotos sehen, werden sie unruhig. Du kannst jetzt alle notwendigen Vorbereitungen treffen, damit wir sie rund um die Uhr im Auge behalten. Am anderen Morgen fuhr Köstel mit seinem Team nach Hamburg. In einer Lagebesprechung, die zu 9:00 Uhr anberaumt war, wurde das weitere Vorgehen festgelegt. Köstel und Olk ordneten an, dass ab sofort das Gelände der Firma Importexport überwacht wird. Jede auch noch so kleine Bewegung auf dem Firmengelände sollte gemeldet werden. Sie waren davon überzeugt, dass sich die Führungsspitze der Bande, mit Brockmeier und Klein treffen wird, um sie aus-

zuschalten. Die Bilder, davon war man überzeugt, werden sie zu so einer Handlung zwingen.

Kapitel -17-

Alle Vorkehrungen waren getroffen. Vor dem Firmengelände, mit einem Blick in das Innere, waren zwei Kommissare postiert. Ihre Beobachtungen gaben sie an die Zentrale weiter. Köstel und Olk hatten es so organisiert, dass der Bußgeldbescheid per „Einschreiben mit Rückschein" zugestellt wurde. So gegen 11:35 kam der Postbote und brachte den Einschreibebrief. Friese, der den Inhalt ja noch nicht kannte, nahm den Rückschein in die Hand und quittierte dem Postboten den Empfang. Als dieser das Bürogebäude der Firma wieder verließ, meldeten sie die erfolgte Zustellung der Zentrale.

„Jetzt heißt es abwarten und Tee trinken", sagte Köstel und Olk lächelte zustimmend. Antje Stein und Fiete Olsen hatten wieder die Aufgabe, das Lokal >zur Barkasse< zu observieren. Für den Fall, dass Brockmeier und Klein dort auftauchen, dürfe man sie nicht mehr aus den Augen verlieren. Auch wenn sie das Lokal verlassen, sollten sie sofort die Verfolgung aufnehmen. Es vergingen einige Stunden. Für die sich im Einsatz befindenden Kriminalbeamten war es keine angenehme Zeit. Auf der einen Seite sollten sie stets wachsam sein und auf der anderen Seite musste man sich auch die Zeit vertreiben, um nicht einzuschlafen. Kommissarin Antje Stein und Kommissar Fiete Olsen waren gerade dabei, sich gegenseitig ihre Hausaufgaben abzufragen. Sie belegten ein Seminar zur Weiterbildung. Das Lokal behielten sie aber immer im Auge. Der Abend brach herein. Sie sahen, wie ein von der Hauptstraße kommender PKW den Parkplatz vor dem Lokal ansteuerte. Es war ein blauer VW-Passat. Drei Parkplätze neben ihnen parkte er ein. Die beiden Insassen stiegen aus und gingen ins Lokal. Antje Stein und Fiete Olsen konnten anhand der mitgeführten Fotos klar erkennen, es war Freddy Brockmeier und sein Kollege. Sofort meldeten sie der Zentrale, dass die Gesuchten nun eingetroffen sind. Köstel gab den beiden die Anweisung, noch nicht ins Lokal hineinzugehen. Man müsse die Möglichkeit haben, ihnen unauffällig zu folgen. Die Einsatzleitung orderte einen zweiten Wagen zum Lokal. So konnte man, falls Klein und Brockmeier das Lokal verlassen, sie besser verfolgen.

Auch die vor dem Firmengelände stehenden Kriminalbeamten sahen, wie sich etwas regte und bewegte.

Ein VW-Bus mit verdunkelten Scheiben fuhr auf das Firmengelände. Auch sie meldeten umgehend das soeben Geschehene der Einsatzleitung. Köstel forderte auch hier einen zweiten Wagen zur Verstärkung an.

„Jetzt geht's wohl los", meinte Olk und Köstel nickte zustimmend.

Einige Minuten stand der Bus auf dem Firmengelände. Dann beobachteten die Kriminalbeamten, wie einige Personen das Bürogebäude verließen und sich in den VW-Bus setzten. Sofort meldeten sie es der Zentrale.

„Last sie mir nicht mehr aus den Augen", sagte Köstel, „jetzt kommt es auf jede Kleinigkeit an. Es dürfen keine Fehler gemacht werden. Sämtliche Veränderungen sind der Zentrale mitzuteilen."

Der VW-Bus setzte sich in Bewegung und steuert die B75 in Richtung Ahrensburg an. Diese Bundesstraße ist eine stark befahrene Straße. Dort jemanden zu verfolgen, vorausgesetzt man hält den richtigen Abstand, ist nicht allzu schwer. Zumal der jetzt vor ihnen fahrende Bus sich exakt an die Geschwindigkeit hielt. Köstel setzte sich mit seinen vor dem Lokal stehenden Leuten in Verbindung und fragt nach, warum sich bei ihnen noch nichts tue? Genau in diesem Augenblick sehen sie, wie Brockmeier und sein Kollege das Lokal verlassen. Freddy hatte noch den Hörer am Ohr, als sie sich bereits vor dem Lokal befanden. Eilig setzten sie sich in ihren Wagen und fuhren los. Köstel, der noch in der Leitung war, sagte dann:

„Verfolgt sie und gebt mir laufend euren Standort durch."

Die Einsatzleitung, bestehend aus einem Fahrer, einem Spezialisten für die Navigation sowie auch die Herren Köstel und Olk. Sie reihten sich mit ihrem Fahrzeug in die Verfolgergruppe ein. So hatten sie den optimalen Überblick und konnten in das Geschehen eingreifen. Auch Brockmeier und sein Kollege steuerten die B75 an. Die Einsatzleitung hatte nun die genauen Abfahrtzeiten der beiden Fahrzeuge.

„Nach meiner Einschätzung", so Köstel, „kommen die beiden Fahrzeuge, egal wohin sie noch fahren, nicht zur gleichen Zeit an." Vorsichtshalber hatte Köstel drei weitere Fahrzeuge geordert. Auf drei aufeinanderfolgenden Parkplätzen in Richtung Ahrensburg wurden sie stationiert und warteten. Sollte eines der Gangsterfahrzeuge ihren Parkplatz ansteuern, so haben sie die Zentrale zu benachrichtigen. Anschließend müssen sie den Parkplatz sofort verlassen. Sie bekommen dann weitere Anweisungen. Die Dunkelheit brach herein, was wohl auch von den Gangstern so geplant war. Es meldete sich der erste auf einem Parkplatz stehende Wagen bei der Zentrale:

„Soeben hat der VW-Bus diesen Parkplatz passiert und befindet sich weiter in Richtung Ahrensburg."

„Fahren Sie dem Wagen in gebührendem Abstand hinterher", sagte Köstel.

Es dauerte nicht lange und es meldeten sich die Kollegen vom nächsten Parkplatz. Auch hier kam von Köstel die Anweisung, unauffällig die Verfolgung aufzunehmen. Wie schon so oft hatte Köstel den siebten Sinn.

„Klaus", sagte Köstel, entweder sie nehmen den nächsten, im Wald liegenden Parkplatz, oder sie fahren durch bis Bad Oldesloe. Sicherheitshalber soll Wagen drei im Wäldchen bis zur Ausfahrt vorfahren und sich dort hinstellen."

Dann setzte sich Köstel mit der Besatzung des Wagens in Verbindung.

„Hallo Kollegen", sagte er, „Sie haben etwa zehn bis fünfzehn Minuten Zeit, dann dürfte der VW-Bus den Parkplatz erreichen."

„Wie seid Ihr besetzt?", wollte Köstel noch wissen. „Wir sind hier zu viert", war die Antwort.

„Verteilen Sie sich so, dass zu jeder Seite zwei von Ihnen sofort eingreifen können. Sie müssen davon ausgehen, dass der Passat ca. zehn Minuten später eintreffen wird. Der Zugriff erfolgt auf meine Anweisung." Nun erreichte die Spannung ihren Höhepunkt. Von allen Fahrzeugen, die sich im Einsatz befanden, bekam Köstel ständig die Standortmeldungen. So wurde ihm mitgeteilt, dass der Passat auch bereits den ersten Parkplatz passiert hat. Köstel erteilte nun den Besatzungen der Verfolgerfahrzeuge ihr weiteres Vorgehen mit:

„An alle Einsatzfahrzeuge", ließ er verkünden, „die Fahrzeuge, die den Bus verfolgt haben, platzieren sich, wenn der Bus in den Parkplatz eingebogen ist, vor der Ausfahrt des Parkplatzes. Das heißt, sie fahren an der Einfahrt vorbei und parken, nicht sichtbar, vor der Ausfahrt.

Die dem Passat folgenden Wagen parken, wenn er eingebogen ist, vor der Einfahrt zum Parkplatz. Die Besatzungen verteilen sich unauffällig zu beiden Seiten. Der Zugriff erfolgt auf mein Kommando!"

Der Erste, dem Bus folgende Wagen, meldete sich:

„Kollegen, der vor uns fahrende Bus hat sein Tempo doch merklich verringert. Wir sind ungefähr achthundert Meter vor Parkplatz drei. Wie sollen wir uns verhalten?"

„Überholen Sie den Bus und bleiben Sie an vorher angewiesener Stelle stehen", sagte Köstel.

Die Kollegen überholten das Fahrzeug und sahen im Rückspiegel, wie der Bus den Parkplatz ansteuerte. Die sich zu beiden Seiten des Parkstreifens postierten Kollegen beobachteten, wie sich das Fahrzeug näherte und dann auf der Hälfte des Parkplatzes ohne Licht stehen blieb.

Köstel und Olk bekamen die Nachricht, dass der Bus angekommen sei. Alle Kollegen der Fahrzeuge, die sich an der Ausfahrt des Parkplatzes postiert hatten, erhielten nun die Anweisung, ihre Einsatzfahrzeuge zu wenden, sodass sie wieder in den Parkplatz hineinfahren können, wenn der Zugriff erfolgt.

Auch der VW-Passat näherte sich nun diesem besagten Waldparkplatz. Antje Stein und Fiete Olsen meldeten ihrem Chef, dass sie sich bereits kurz vor der Einfahrt befinden.

„Okay", sagte Köstel, „Ihr seid nur ein paar Meter vor uns."

Es kam die Einfahrt und der VW-Passat fuhr auf den Parkplatz. Auch er schaltete seine Beleuchtung aus und näherte sich im Dunkel der Nacht dem VW-Bus. Dieser gab, durch ein kurz auf die Bremse tretendes Signal die Aufforderung, dass Brockmeier und sein Kollege in den Bus kommen sollten. Köstel erhielt die Nachricht, dass sie in den Bus eingestiegen sind. Hiernach überschlugen sich nun die Ereignisse: Um dass, was Köstel befürchtet hatte zu vermeiden, ordnete er den Zugriff an. Von beiden Seiten fuhren nun die Einsatzfahrzeuge mit voll aufgeblendeten Scheinwerfern auf den VW-Bus zu. Es war zu hören:

„Hier spricht die Polizei. Kommen Sie mit erhobenen Händen heraus!"

Einzeln kamen die Insassen aus dem Fahrzeug. Nicht einmal die maskierte Busbesatzung hatte die Zeit, sich ihrer Maskierung zu entledigen.

Ihnen wurden sofort Handschellen angelegt. Köstel und Olk kamen hinzu:

„Na, dann wollen wir doch mal schauen, wer in der nächsten Zeit unser >Hotel< bewohnen wird", sagte er lächelnd und Olk stimmte dem zu.

„Wir nehmen Sie fest wegen des Verdachts, Hein Möller und Frau Stolte ermordet zu haben. Außerdem wegen Rauschgifthandel im großen Stil."

Anschließend entfernte man ihnen die Maskierungen. Nacheinander kamen jetzt zum Vorschein: Tom Miller ein Bodyguard, Helmut Linsen, künftiger Chef der Importexport, Freddy Brockmeier, Uwe Klein und der Prokurist der Importexport, Hein Friese. Anschließend wurde die ganze Crew nach Kiel gebracht. Der VW-Bus, sowie auch der VW-Passat wurden zur kriminaltechnischen Untersuchung nach Kiel überführt. Am folgenden Morgen. Mehrere Fahrzeuge der Spurensicherung erscheinen auf dem Firmengelände der Firma Importexport. Oberkommissar Olk sowie der Leiter der Spurensicherung und einige seiner Kollegen begeben sich in das Bürogebäude. Alle anderen verteilen sich auf dem Betriebsgelände. Olk betrat das Büro der Firmenchefin:

„Guten Morgen Frau Linsen", sagte er und zeigte ihr den Durchsuchungsbescheid. Entsetzt schaute sich Frau Linsen diesen Bescheid an. Zunächst brachte sie keinen Ton heraus. Doch dann fing sie sich wieder und sagte: „Was soll dieser Unsinn, was habe ich denn verbrochen?

„Sie Frau Linsen, mit größter Wahrscheinlichkeit nichts", erwiderte ihr Olk, „aber ich glaube, von dem, was in Ihrer Firma hinter Ihrem Rücken geschieht, wissen Sie nichts."

„Was sollte denn schon hinter meinem Rücken geschehen sein?", fragte sie entsetzt.

„Ja, ich gebe zu, dass ich so einige Dinge gerne von Herrn Friese besser erklärt bekommen hätte. Meinen Enkel, der auch künftig der Chef ist, habe ich daher gebeten, sich hier einmal umzusehen."

„Dann werde ich Sie jetzt einmal aufklären", sagte Olk und fuhr fort, „in der vergangenen Nacht haben wir während einer Großfahndung einen Rauschgiftring unschädlich gemacht. Die Palette der Straftaten, die wir den Leuten vorwerfen, ist groß."

„Und was habe ich damit zu tun", fragte sie nochmals?"

„Festgenommen haben wir Hein Friese, Ihren Prokuristen, Tom Miller ein Bodyguard, Freddy Brockmeier, Uwe Klein und Ihren Enkel Helmut Linsen. Den Leuten wird zur Last gelegt: Hein Möller und Frau Karin Stolte ermordet zu haben. Des Weiteren hat diese Bande Rauschgifthandel im großen Stil betrieben. Sie werden also Verständnis dafür haben, wenn wir auch Ihnen noch einige Fragen stellen."

Kapitel -18-

Noch in der Nacht wurden beide Fahrzeuge der KTU überstellt. Die unter Verdacht des Mordes und des Rauschgifthandels stehenden Personen wurden in Untersuchungshaft genommen. Bei der KTU arbeitete man nun auf Hochtouren. Köstel hatte darum gebeten, so schnell wie möglich Ergebnisse zu bekommen.

Zu 8:00 Uhr in der Früh hatte er eine Besprechung anberaumt, an der alle Beteiligten, mit Ausnahme von Oberkommissar Olk, teilnahmen. Bei dieser Zusammenkunft wurde nun die Vorgehensweise der Verhöre festgelegt.

„Ich schlage vor", referierte Köstel, „wir beginnen unsere Verhöre mit dem künftigen Firmenchef Helmut Linsen. Wenn meine Beobachtungen mich nicht getäuscht haben, hatte der Linsen auch nicht den geringsten Schimmer von dem, was sich in diesem Augenblick der Festnahme abgespielt hat. Ich vermute, er wird uns entscheidende Hinweise geben."

Bevor Köstel und Olsen mit dem ersten Verhör beginnen konnten, mussten sich alle Festgenommenen der erkennungsdienstlichen Behandlung unterziehen. Im Verhörraum war alles vorbereitet.

„Wir können beginnen", verkündete Antje Stein.

Köstel und Olsen ließen, wie vorher besprochen, Helmut Linsen als Ersten vorführen. Bevor dieser nun auf die Bitte sich zu setzen reagiert, fragte er zuerst:

„Bitte sagen Sie mir, was ich hier soll?"

„Nun", sagte Köstel, „dann wollen wir mal beginnen. Alle in der Nacht festgenommenen Person stehen unter dem Verdacht, Hein Möller und Frau Karin Stolte ermordet zu haben. Weiterhin wird Ihnen allen zur Last gelegt, Rauschgifthandel im großen Stil zu betreiben. Einbruch und Hausfriedensbruch kommen noch hinzu. Ich glaube Herr Linsen, jetzt wissen Sie, warum Sie hier sind."

„Nun erzählen Sie mal. Wir hören aufmerksam zu", ließ Olsen verlauten. Helmut Linsen schluckte und konnte keinen Ton mehr herausbringen. Ja, er war so geschockt, dass ihm übel wurde und er um ein Glas Wasser gebeten hat. Nach einer kurzen Zeit ging es ihm dann wieder besser. Seine ersten Worte waren:

„Herr Kommissar, mit dem, was mir hier vorgeworfen wird, habe ich auch nicht das Geringste zu tun."

„Und warum kamen Sie als Kapuzenmann aus dem Auto?", hakte Köstel ein.

„Das kann ich Ihnen ganz einfach erklären", erwiderte er, dass ich nach meinem Studium, in ein paar Monaten in unserem Betrieb die Geschäftsführung übernehmen werde, wissen Sie ja bereits von meiner Großmutter."

„Wieso von Ihrer Großmutter?", wollte Olsen jetzt wissen.

„Meine Großmutter wurde hellhörig, als Sie oder Kollegen von Ihnen bei uns waren und wegen eines gestohlenen Fahrzeugs nachgefragt haben. Dieser Diebstahl war ihr nicht bekannt. Sie hat sich danach mit mir in Verbindung gesetzt und mich gebeten, dass ich mich unter dem Vorwand, mich einzuarbeiten, umsehen sollte."

„Und warum hat sie sich nicht gleich mit der Polizei in Verbindung gesetzt?"

„Meine Großmutter benötigt, wenn sie eine Entscheidung treffen soll, handfeste Beweise."

„Ach, und diese Beweise sollten Sie ihr jetzt beschaffen", fragte Köstel weiter.

„Ja, ich studiere BWL, stehe kurz vor meinem Abschluss und habe meine Abschlussarbeiten zur Prüfung bereits abgegeben. Das heißt, eine Woche konnte ich mich zur Verfügung stellen. Vor zwei Tagen habe ich meine Arbeit aufgenommen, und konnte mich so ungestört umsehen."

„Konnten Sie denn in der kurzen Zeit schon etwas feststellen?", fragten beide gleichzeitig.

„Meine Großmutter hatte einen Verdacht und bat mich, die Fahrtenschreiber und die Fahrtenbücher einmal unter die Lupe zu nehmen. Ich konnte Ungereimtheiten feststellen und habe noch gestern am Abend Herrn Friese daraufhin angesprochen. Er reagierte etwas schroff. Das besprechen wir morgen, heute müssen wir noch die Fahrer von einem liegen gebliebenen Transporter abholen. Kommen Sie mit, sagte er zu mir. Was ich dann auch getan habe."

„Das beantwortet aber immer noch nicht meine Frage, warum sind Sie auch als Kapuzenmann aus dem Auto gestiegen."

„Als wir gestern in der Dunkelheit den Parkplatz erreicht hatten, warteten wir ein paar Minuten. Dann kam das andere Fahrzeug. Dass es ein Passat war, habe ich erst später gesehen.

Dann sah ich, wie sich Friese und der „Fahrer" diese Kapuzenkleidung übergezogen haben. Mit einer auf mich gerichteten Waffe zwang mich der Fahrer, die Verkleidung ebenfalls überzuziehen. Nach einem kurzen Zeichen kamen die zwei Männer aus dem Passat zu uns in den Bus. Friese wollte mir gerade eine Schusswaffe mit einem Schalldämpfer in die Hand drücken. Doch dann leuchteten von allen Seiten die Scheinwerfer auf. Sekunden später rissen zwei Polizeibeamte die Tür auf und standen mit Schnellfeuergewehren vor uns. Alles Weitere kennen Sie ja. Meine Herren, das ist die Wahrheit."

Es klopfte jemand an die Tür, die sich gleichzeitig öffnete. Es war Antje Stein, sie bat Köstel darum, einmal hinauszukommen.

„Was haben Sie mir zu sagen", fragte Köstel und Antje antwortete, „wir haben die Fingerabdrücke vom jungen Linsen mit unserer Datenbank im Computer verglichen, es gibt keine Übereinstimmungen. Nur die im Bus hinterlassenen Abdrucke stimmen mit denen aus seinem Büro überein."

„Danke", sagte Köstel, „das habe ich erwartet."

Kurz danach, es läutete das Telefon. Antje Stein nahm den Hörer ab und meldete sich:

„Mordkommission, Stein am Apparat."

„Antje, ich bin es, Olk, kann ich Köstel mal eben haben."

„Er ist beim Verhör", sagte sie, „ich gehe und hole ihn."

Sie ging abermals zum Verhörraum und klopfte an:

„Chef, ich bin es noch einmal. Würden Sie bitte kommen, Oberkommissar Olk möchte Sie sprechen."

„Ja ich komme", antwortete er ihr. Dann verließ er den Raum.

„Klaus, was gibt es zu berichten? Ich nehme gerade den Linsen in die Mangel."

„Genau deshalb rufe ich an. Ein erstes Gespräch hatte ich soeben mit der alten Dame, als ich ihr den Durchsuchungsbescheid vorlegte. Sie sagte mir, dass seit zwei Tagen ihr Enkel im Betrieb ist und einmal nach dem Rechten schauen sollte. Sie hätte einige Ungereimtheiten festgestellt und wollte nun wissen, wie diese zu bewerten sind."

„Klaus, das deckt sich mit den Aussagen, die er hier und heute bei mir gemacht hat. Die Bande wollte ihn zwingen einen Mord zu begehen, um dann ihm gegenüber ein Druckmittel in den Händen zu haben. Ich lasse ihn gehen. Für die restlichen Vier habe ich einen Haftbefehl beantragt."

Köstel betrat nun wieder den Verhörraum und sagte zu ihm:

„Herr Linsen, Sie können gehen. Ihre Aussagen haben wir überprüft. Ohne zu wissen, dass man Sie bereits festgenommen hatte, machte Ihre Großmutter die gleichen Aussagen. Dennoch bitte ich Sie, halten Sie sich zu unserer Verfügung. Ich bin überzeugt, Sie werden uns noch so manchen Hinweis geben können."

Linsen nun erleichtert:

Herr Oberinspektor, ich danke Ihnen. Ich war mir auch keiner Schuld bewusst."

Freddy Brockmeier betrat den Verhörraum.

„Bitte setzen Sie sich", sagte Köstel. „Herr Brockmeier, Ihnen wird zur Last gelegt, den Mord an Hein Möller und an Frau Karin Stolte, gemeinsam mit Ihrem Kollegen Uwe Klein, begangen zu haben. Außerdem sind Sie gesehen worden, wie Sie mit Ihrem Kollegen die Wohnung der Frau Monika Wilde betraten, also den

Einbruch verübten. Hinzu kommt Rauschgifthandel im großen Stil. Ich glaube, mit dieser
Liste haben Sie sich einen lebenslangen Aufent-
halt in unseren Häusern gesichert."

Bedrückt und niedergeschlagen saß Brockmeier
auf seinem Stuhl. Es verschlug ihm die Sprache.
Ganz langsam fing er an zu begreifen, was ihm
vorgeworfen wurde. Er sortierte das bis zu diesem Zeitpunkt Geschehene. Mord?, nein, damit
wollte er nichts zu tun haben.

„Herr Oberinspektor", sagte er, „Sie können mir
vorwerfen was Sie wollen, aber mit Mord habe
ich nichts zu tun."

„Ich schlage vor", so schaltete sich Kommissar
Olsen ein, „wir beginnen mal mit Hein Möller.
Von Frau Wilde wissen wir, dass Möller von ihr
einen kompletten Schlüsselsatz bekommen hat.
Wenn Sie also Möller nicht umgebracht haben,
wie sind Sie denn an diese Schlüssel gekommen? Erzählen Sie uns nicht, Sie hätten sie gefunden."

„Vom Doktor lasse ich mir keinen Mord anhän-
gen",
dachte er.

„Von unserem Boss, dem Doktor, den wir leider
nie zu Gesicht bekamen. Er muss wohl die

Schlüssel in meinen Briefkasten geworfen haben. In der Mittagszeit bekam ich einen Anruf und den Auftrag, die Wohnung zusammen mit Klein zu durchsuchen.

Wir fuhren zu dieser Wohnung, haben aber vorher noch einen Abstecher zu meiner Freundin, der Frau Stolte gemacht. So gegen 16:00 Uhr sind wir dann zur Wohnung der Frau Wilde gefahren. Gewundert haben wir uns, als wir die Tür aufschließen wollten, dass die Schlüssel sehr schlecht ins Schloss passten. Vor uns wurde wohl diese Tür, mit diesem Schlüssel, noch nie aufgeschlossen. Wir betraten die Wohnung und haben die Tür gleich wieder hinter uns geschlossen. Doch was wir dann sahen, wunderte uns sehr. Die Wohnung war bereits durchsucht, ja, man könnte auch sagen, man hat sie auf den Kopf gestellt. Wir haben uns in dieser Wohnung nur zwei Minuten aufgehalten und sind danach so schnell wir konnten, wieder nach Kiel gefahren. Als wir dieses Haus wieder verlassen wollten, begegneten uns noch im Flur eine junge Frau und ein junger Mann."

„Dass Sie geblitzt wurden, haben Sie wohl gar nicht bemerkt", fügte Olsen hinzu. Dann zeigte er die Aufnahmen.

„Und was hatten Sie mit Möller zu tun?", fragte Köstel weiter.

„Bis zu seinem Tode war Möller unser Kontaktmann, der auch den Doktor kannte. Mit ihm haben wir abgerechnet und er hat uns auch mit neuem Stoff versorgt, den wir dann wieder an die kleinen Dealer verkauft haben."

„Wer hat Sie denn nach dem Tode von Möller beliefert", wollte nun Olsen wissen.

„Der Doktor hat uns beliefert. Wir haben ihn aber auch jetzt nicht zu Gesicht bekommen. Die Männer hatten immer, wenn wir in ihr Auto gestiegen sind, die Kapuzenverkleidung an."

„An dem Tag, an dem Frau Stolte ermordet wurde, sind Sie laut Zeugenaussagen dort gesehen worden. Es sind mehrere Zeugen, die Sie dort gesehen haben."

„Das stimmt", sagte Brockmeier, „Ich habe Ihnen doch schon gesagt, Frau Karin Stolte war meine Freundin. Ich hatte bei ihr eine kleine Menge Stoff gelagert. Ihr Vater, als dieser noch lebte, war ein Taubenliebhaber. Meiner Bitte, den Taubenschlag benutzen zu dürfen, entsprach sie. Mit den Tauben belieferte ich einen Studenten in Hamburg. Wenn mich also dort an diesem Nachmittag jemand gesehen hat, dann musste er auch gesehen haben, wie ich mich mit meinem Kollegen so gegen 16:15 Uhr verabschiedet habe. Also, Frau Stolte lebte zu diesem Zeitpunkt noch. Und Fingerabdrücke werden Sie dort auch mit Sicherheit von mir finden."

„Ihre Angaben werden wir überprüfen. Sollten Sie uns aber angelogen haben, sieht es schlecht für Sie aus", sagte Köstel und gab dem Polizeibeamten ein Zeichen, ihn abzuführen.

Anschließend ließ Köstel Uwe Klein in den Verhörraum bringen.

„Nehmen Sie Platz", sagte Köstel auch zu ihm.

„Herr Klein Sie werden beschuldigt, im Rauschgifthandel tätig zu sein und zusammen mit Ihrem Kollegen Brockmeier, Hein Möller und Frau Karin Stolte ermordet zu haben. Außerdem sind Sie widerrechtlich in die Wohnung der Frau Wilde eingedrungen. Beginnen wir mit der Ermordung von Hein Möller. Wir hätten gerne von Ihnen gehört, wo Möller ermordet wurde. Vor allem aber schildern Sie uns aus Ihrer Sicht, wie er zu Tode gekommen ist. Wir hören!"

„Herr Kommissar, das kann ich nicht. Ich gebe zu, mit Rauschgift gehandelt zu haben. Aber mit Mord habe ich nichts zu tun!"

Wann haben sie denn Möller das letzte Mal gesehen?", fragte Olsen.

„Ich kann es Ihnen sagen. Am Samstag vor seinem Tode, er hat mich am Nachmittag besucht. Viel Zeit hatte er nicht. Er sagte mir, er habe eine Puppe im Auto, die er nicht lange warten lassen könne. Danach fragte er mich noch, ob der Doktor schon einmal angerufen habe. Ich sagte Nein, mich hat niemand angerufen. Wie und wo kann ich dich denn erreichen?, wollte ich noch wissen. Worauf er mir sagte, er sei bei den Eltern seiner Freundin am Deichdamm. Aber meine Telefonnummer hast du doch, sagte er. Anschließend hat er sich wieder verabschiedet."

„Das kann doch wohl nicht alles gewesen sein", bemängelte Köstel.

„Herr Oberinspektor, wann, wie und wo Möller ermordet wurde, kann ich Ihnen beim besten Willen nicht sagen. Ich weiß es nicht. Ich habe ihn nicht umgebracht!

Ja, es war am Abend, als ich vom Doktor einen Anruf bekam. Der Doktor sagte mir, wegen einer verloren gegangenen Sendung müsse er unbedingt mit Möller sprechen. Wo kann ich ihn erreichen?, fragte er, sein Handy hat er ausgeschaltet! Ich sagte ihm, ich weiß nur, dass er bei den Eltern seiner Freundin am Deichdamm ist. Mehr konnte ich ihm aber nicht sagen."

„Und was geschah danach?", wollte Olsen nun wissen.

„Ich hatte den Eindruck, dass der Doktor sehr verärgert war. Tage später fand ich in meinem Briefkasten einen Autoschlüssel. Am gleichen Abend habe ich
noch einen Anruf bekommen. Die Stimme sagte mir, es war nicht der Doktor! Von dieser Person bekam ich den Auftrag, den am alten Speicher stehenden Passat abzuholen und zu entsorgen. Brockmeier wisse, wo der Wagen steht. Diesen Auftrag haben wir, wie uns angewiesen, ausgeführt."

„Unsere Handys mussten wir immer auf Empfang stellen. So konnte uns der Doktor zu jeder Zeit erreichen. Die Nummer des Anrufers kannten wir nicht."

„Was suchten Sie denn in der Wohnung der Frau Wilde", wollte nun Olsen wissen.

„Frau Wilde war doch Möllers Freundin. Mit Brockmeier hatte ich den Auftrag, die Wohnung zu durchsuchen, um festzustellen, ob dort etwas gebunkert sei. Es war wohl ein nachgemachter Schlüssel. Denn als wir die Tür aufschließen wollten, bemerkten wir, dass der Schlüssel sehr schlecht ins Schloss passte. Wir hatten unsere Schwierigkeiten. Nachdem wir die Tür geöffnet hatten, sahen wir, dass die Wohnung bereits durchsucht wurde. Wir haben uns in dieser Wohnung nur kurz aufgehalten und sind anschließend wieder nach Kiel gefahren."

„Wann haben Sie das Haus verlassen und haben Sie dafür Zeugen?", wollte nun Köstel wissen.

„Als wir das Haus so gegen 16:30 Uhr plus/minus ein paar Minuten verlassen haben, begegnete uns unten im Hausflur ein junges Pärchen. Ob es Hausbewohner waren, kann ich Ihnen nicht sagen. Es ging alles so schnell."

„Wir haben aber auch Zeugen, die Sie vor dem Haus der Ermordeten gesehen haben", sagte Köstel, „erklären Sie uns, wie so etwas möglich ist."

„Das kann ich, Brockmeier holte mich mit seinem Wagen ab. Es war kurz vor 15:00 Uhr. Während der Fahrt sagte er mir, er wolle noch einen Abstecher zu seiner Freundin, der Frau Stolte machen. Ich sagte ihm nur, wenn es nicht lange dauert, ist es mir egal. Wir haben uns bei ihr nur einige Minuten aufgehalten."

„Wann haben Sie denn das Haus der Frau Stolte verlassen", fragte er weiter.

„Es war so kurz nach 16:00 Uhr", antwortete Klein.

„Wir werden Ihre Aussage sorgfältig überprüfen. Ich hoffe für Sie, dass Sie uns die Wahrheit gesagt haben."

Danach ließ Köstel ihn abführen und er ging mit Olsen in sein Büro.

Kaum hatten sie die Tür hinter sich geschlossen, als plötzlich und unerwartet Kriminalrat Dr. Schlauer in seinem Büro stand:

„Köstel, ich habe Ihnen doch gesagt, wenn Sie die Bande gefasst haben, möchte ich dabei sein. Was haben denn Ihre bisherigen Verhöre gebracht. Lassen Sie mich hören"

„Herr Kriminalrat", sagte Köstel, „wir haben gerade erst begonnen, die einzelnen Personen zu verhören. Ich kann Ihnen aber schon so viel sagen, dass Linsen nichts mit der Sache zu tun hat. Wir mussten ihn gehen lassen.

Brockmeier und Klein hingegen haben den Handel mit Rauschgift zugegeben. Sie sagten aber übereinstimmend aus, dass sie mit den Morden nichts zu tun haben, was einem Alibi gleich-

käme. Wir werden jetzt ihre Aussagen überprüfen. Ich habe die Haftbefehle beantragt und
auch erhalten.
Sie sitzen jetzt alle in Untersuchungshaft."
„Köstel", sagte er, „halten Sie mich auf dem
Laufenden." Mit diesen Worten entfernte er
sich.

Kapitel -19-

Oberkommissar Olk hatte in der Zwischenzeit, zusammen mit der Spurensicherung, den Betrieb auf den Kopf gestellt. Spuren wurden sichergestellt. Abschließend ging Oberkommissar Olk noch einmal zu Frau Linsen:

„Guten Morgen Frau Linsen", sagte er, „ich hatte ja schon angekündigt, dass ich auch Ihnen ein paar Fragen stellen muss."

„Schießen Sie los", antwortete sie, „ich würde mich freuen, wenn ich zur Aufklärung beitragen kann."

„Das können Sie bestimmt", erwiderte ihr Olk, „erzählen Sie mir doch einmal wie so ein Arbeitstag in Ihrer Firma abgelaufen ist. Sind Ihnen bei der einen oder anderen Vorgehensweise Ihres Prokuristen, soweit sie Ihnen zu Ohren kamen, Ungereimtheiten aufgefallen?

Oder hatten Sie in einigen Fällen das Gefühl, hier wird mir bewusst etwas vorenthalten? Erzählen Sie, ich höre."

„Zunächst einmal, die Geschäfte liefen gut. Warum also sollte ich mir über jede Entscheidung meine Gedanken machen, oder gar Zweifel haben? Hellhörig wurde ich, als Ihre Kollegen wegen des gestohlenen Fahrzeugs kamen. So einen Schaden hätte man mir doch melden müssen, war mein erster Gedanke. Trotzdem ahnte ich noch nichts Böses. Ich sprach mit Friese darüber und er sagte mir, er wollte mich nicht aufregen. Doch dann wollte es der Zufall, dass ich ein Gespräch, welches Friese mit einem gewissen Herrn Miller führte, zu einem Teil mithören konnte. Ich vernahm nur, dass es sich um Lieferungen handelte. Um welche, war mir jedoch nicht bekannt. Die Art und der Ton, wie dieses Gespräch geführt wurde, schreckte mich auf. Ich hatte den Eindruck, dass Friese nach den Anweisungen dieses Herrn Miller sich zu richten habe. Plötzlich sah ich so manchen Ablauf in meiner Firma mit anderen Augen. Ich hielt es daher für angebracht, diese Angelegenheit mit meinem Enkel zu besprechen. Wir kamen überein, dass er unter dem Vorwand der Einarbeitung, für eine Woche in unserem Betrieb arbeitet. Seine erste Aufgabe, die er sich gestellt hatte, war die Fahrtenbücher unter die Lupe zu nehmen. Dass Friese ihn am Abend mitgenommen hat, war mir nicht bekannt."

Oberkommissar Olk war ein aufmerksamer Zuhörer. Das ihm eben Geschilderte notierte er sich in Stichworten.

„Frau Linsen", sagte er, „Sie haben uns sehr geholfen."

Olk nahm danach Rücksprache mit dem Leiter der Spurensicherung.

„Ich glaube", so sagte dieser, „wir haben auch die Tatwaffen gefunden. Die KTU wird sie genau untersuchen und uns die Ergebnisse so schnell wie möglich übermitteln. Auch die zwischen den Futtermitteln gefundenen Drogen stellen einen erheblichen Wert dar. "

„Okay", erwiderte ihm Olk, „dann fahre ich jetzt nach Kiel."

Köstel hatte die Aussagen von Brockmeier und Klein überprüfen lassen. Sie stimmten mit denen der Zeugen überein.

Als alter Fuchs ließ er aber die nach seiner Meinung infrage kommenden Friese und Miller in ihrer Celle schmoren. Am anderen Morgen, Oberkommissar Olk war inzwischen eingetroffen und begrüßte Köstel:

„Hallo Ferdinand", Olk streckte ihm die Hand mit einem Guten Morgen entgegen. Ich glaube wir können zum Endspurt ansetzen. Die Spurensicherung hat eine nicht unerhebliche Menge an Drogen sichergestellt und ist davon überzeugt, auch die Tatwaffen gefunden zu haben. Einen genauen Bericht bekommen wir heute noch. Wie ich dir schon gesagt habe, die Familie Linsen hat mit der ganzen Sache nichts zu tun. Das ergaben unsere weiteren Ermittelungen. Die voraussichtlich richtigen Spuren sind die gefundenen Tatwaffen sowie die Drogen. Und wie sieht es bei dir aus?"

„Guten Morgen Klaus", grüßte auch Köstel, „die Freude steht dir ja ins Gesicht geschrieben. Ich würde sagen, dann schreiten wir zur Tat und schlage vor, wir lassen zuerst den Miller kommen."

„Okay", sagte Olk.

Der Vollzugsbeamte brachte Miller in den Verhörraum.

„Setzen Sie sich", wurde er aufgefordert.

„Herr Miller Sie werden beschuldigt, den Mord an Hein Möller und an Frau Karin Stolte begangen zu haben. Des Weiteren wird Ihnen zur Last gelegt, mit Rauschgift im großen Stiel zu handeln. Außerdem kommt noch der Einbruch in die Wohnung der Frau Wilde hinzu. Nun äußern Sie sich mal zu diesen Anschuldigungen."

„Dass diese Anschuldigungen für den Rest Ihres Lebens reichen, darüber sind Sie sich wohl im Klaren", fügte Köstel noch hinzu.

Miller war ein ausgekochter Bursche, der mit allen Wassern gewaschen war. Er überlegte, wie er sich wohl am Besten aus der Schlinge ziehen könnte. Dann sagte er:

„Meine Herren, bevor ich auch nur einen Ton sage, möchte ich meinen Anwalt sprechen."

„Den werden Sie auch bitternötig brauchen. Aber zuerst werden wir uns hier einmal unterhalten", entgegnete ihm Olk. Nun wieder Köstel:

Laut Zeugenaussagen sind Sie nur wenige Minuten vor diesem schrecklichen Verbrechen am Haus der Frau Stolte gesehen worden. Wir werden eine Gegenüberstellung einleiten. Auch im Fall Möller hat Sie eine Zeugin gesehen, wie Sie auf dem Parkplatz der Familie Wilde, mit Möller ins Auto gestiegen sind, und mit hoher Geschwindigkeit davon fuhren. Der Krankenwagen hatte zu diesem Zeitpunkt mal gerade das Haus der Familie Wilde verlassen."

Es klopfte jemand an die Tür und öffnete sie, es war Olsen der Köstel und Olk bat, einmal vor die Tür zu kommen.

„Was gibt es", fragte Köstel, „soeben hat die KTU angerufen und uns mitgeteilt, dass es sich tatsächlich um die Mordwaffen handelt. Fingerabdrücke haben wir zwar nicht gefunden. Wir gehen aber davon aus, dass D N A-Spuren vorhanden sind."

„Dann wollen wir mal hören, was der gute Mann dazu sagen wird", frohlockte Olk. Danach gingen beide wieder in den Verhörraum. Gespannt und auch wohl innerlich aufgewühlt, saß Miller auf seinem Stuhl. Er konnte sich alles Mögliche ausmalen. Doch die Fragen, die ihm jetzt gestellt wurden, überraschten ihn doch.

„Eines wollen wir Ihnen schon einmal mitteilen. Wir haben erhebliche Mengen an Drogen und die Tatwaffen gefunden."

„Das kann ja sein", antwortete er, „aber meinen Fingerabdruck werden Sie darauf nicht finden." Miller war sich seiner Sache sehr sicher.

„Gut", sagte Olk, „dann wollen wir mal hören, was Ihr Kollege dazu sagen wird."

Er gab dem Vollzugsbeamten das Zeichen, Miller abzuführen. Anschließend ließen sie Friese zum Verhör kommen.

„Setzen Sie sich", wurde auch er aufgefordert.

„Herr Friese, Sie stehen unter dem Verdacht, Hein Möller und Frau Karin Stolte ermordet zu haben. Außerdem wird Ihnen zur Last gelegt, einen Rauschgifthandel zu betreiben. Hinzu kommt noch der Einbruch in die Wohnung der Frau Wilde. Nun äußern Sie sich mal dazu", forderte Köstel ihn auf.

„Zuerst möchte ich meinen Anwalt sprechen", antwortete er.

„Ihren Anwalt werden Sie auch dringend benötigen", erwiderte ihm Köstel, „aber jetzt beschäftigen wir uns erst einmal mit den aktuellen Dingen. Der Einsatz unserer Spurensicherung hat sich gelohnt. Auch Ihnen können wir nun mitteilen, dass wir eine erhebliche Menge an Drogen und auch die Tatwaffen gefunden haben. Wie uns nun die KTU vor wenigen Minuten mitgeteilt hat, handelt es sich eindeutig um die Tatwaffen."

„Auf diese Gegenstände werden Sie meinen Fingerabdruck nicht finden", antwortete er nun doch, „ich habe sie nicht in den Händen gehabt."

„Und warum nicht?", fragte ihn Köstel.

„Weil ich weder Hein Möller noch Frau Stolte ermordet habe, so einfach ist das", antwortete er.

„Die Mordwaffen, einen Revolver und das Messer haben wir aber bei Ihnen gefunden", hielt Köstel ihm vor.

„Wenn Sie diese bei mir gefunden haben, dann haben Sie auch gesehen, dass sie in einer Folie eingewickelt waren."

„Was sollte das bewirken", wollte Köstel nun wissen.

„Das kann ich Ihnen sagen. Den Revolver und auch das Messer habe ich so von Miller bekommen. Er legte sie mir auf meinen Tisch, damit ich sie sicher aufbewahre. Im Wissen, Miller ist ein Schlitzohr, habe ich weder den Revolver noch das Messer in die Hand genommen. Nachdem er gegangen war, habe ich sie in Folie eingewickelt und bei uns entsorgt. Sie werden also keine D-N-A Spuren dort von mir finden."

„Sei es, wie es auch sei", erwiderte ihm Köstel, „wir haben Zeugenaussagen, die eindeutig belegen, dass Sie bei den Morden zugegen waren."

„Es ist unmöglich", antwortete Friese, „dass mich jemand an den Tatorten gesehen hat."

„Dann sagen Sie uns doch einmal, wo Sie gewesen sind, als Möller ermordet wurde?"

„Diese Frage kann ich Ihnen ganz einfach beantworten. Ich war mit meiner Frau und mit einem befreundeten Ehepaar in der Hamburger Staatsoper. Diese haben wir so gegen Mitternacht verlassen und anschließend noch die Bar Monika aufgesucht."

„Nennen Sie uns den Namen und die Anschrift des befreundeten Ehepaars", sagte Olk.

„Welche Oper von Puccini stand auf dem Spielplan?", fragte Köstel.

„Es war nicht Puccini, sondern die Premiere von Mozarts Zauberflöte. Mit dem Ehepaar Kessler, Berliner Straße 15, haben wir den Abend verbracht.

„Und was haben Sie gemacht, als

Frau Stolte ermordet wurde?", fragte Köstel weiter.

„An dem Nachmittag saß ich in meinem Büro", antwortete er.

„Wer kann das bezeugen", nun wieder Olk.

„Ich war alleine und bezeugen kann das leider niemand."

142

„Für heute belassen wir es erst einmal", sagte Köstel.

„Natürlich werden wir Ihre Angaben genau überprüfen. Danach werden wir uns noch einmal unterhalten."

Der Vollzugsbeamte führte ihn wieder ab.

Anschließend saß das gesamte Team in Köstels Büro.

Es bewertete die bis zu diesem Zeitpunkt gewonnenen Erkenntnisse. Gleichzeitig wurden die gemachten Aussagen überprüft. Auch in den Wohnungen von Brockmeier und Klein wurden nach der Festnahme bei einer Durchsuchung, Drogen gefunden. Das Team kam überein, dass man Brockmeier und Klein, nur wegen des Drogenhandels der Staatsanwaltschaft übergeben könne.

Nun kam es darauf an, dass die Aussagen von Miller und Friese sorgfältig überprüft werden. Frau Büchel wurde gebeten, an einer Gegenüberstellung teilzunehmen. Miller und Friese standen nun mit einigen Kriminalbeamten in einer Reihe.

„Kommen Sie", sagte Köstel, „schauen Sie sich die Männer in Ruhe an. Die können Sie hier nicht sehen."

„Von denen kenne ich keinen", sagte sie, „ich habe die Männer ja nur von hinten gesehen. Die sollen sich einmal umdrehen."

Köstel gab das Zeichen und die Männer drehten sich um. Nun schaute Frau Büchel wieder hin und sagte:

„Ich erkenne nur einen, es ist der Zweite von rechts."

„Sind Sie sicher?", fragte Köstel.

„Ja, ich habe ihn an den Schuhen erkannt."

„Frau Büchel ich danke Ihnen, Sie können jetzt gehen."

Eindeutig, es war Friese! Seine Aussagen, bezogen auf die Ermordung von Möller wurden glaubwürdig bestätigt.

„Also", sagte Köstel, „setzen wir zum Endspurt an."

Kapitel -20-

Es läutete das Telefon, Kommissar Olsen nahm den Hörer und meldete sich:

„Mordkommission, Olsen am Apparat,"

„Hier ist die Spurensicherung Thomsen, kann ich bitte Oberinspektor Köstel sprechen?"

Olsen übergab Köstel den Hörer und sagte:

„Chef für Sie, die Spurensicherung Herr Thomsen."

„Ja, Köstel hier. Kollege, welche frohe Botschaft darf ich denn jetzt entgegen nehmen?"

„Köstel, ich habe Ihnen einiges zu berichten. Aber vorab", sagte Thomsen, „meinen schriftlichen Bericht habe ich Ihnen soeben per Eilbooten zustellen lassen. Beginnen wir mit den sichergestellten Spuren in der Firma Importexport. Der für uns wohl wichtigste Fund sind die in der Kunststofffolie eingewickelten Tatwaffen. Trotz allergrößter Anstrengungen haben sie es nicht geschafft, alle Spuren zu entfernen. So haben wir an dem Messer einwandfrei die Blutspuren der Frau Stolte nachgewiesen und sichergestellt. Die weiteren gefundenen D N A Spuren sind einwandfrei dem Miller zuzuordnen. Einen Fingerabdruck fanden wir nur auf der Kunststofffolie. Es ist der Abdruck von Friese. Die im Hause der Frau Stolte sichergestellten Spuren stammen von den vier Festgenommenen. Die Reihenfolge der sich dort im Hause aufgehaltenen Personen kann leider nicht bestimmt werden. Einbruchspuren, welche in der Wohnung der Frau Wilde gefunden wurden, sind Miller und Friese zuzuordnen. Lediglich an der Wohnungstür haben wir auch Abdrücke von Klein und Brockmeier gefunden. Köstel, ich glaube Sie haben jetzt eine klare Linie."

„Ja", antwortete Köstel, „das was Sie mir soeben berichtet haben, stimmt mit unseren Recherchen überein. Kollege ich danke Ihnen."

Zuerst wurde wieder Friese in den Verhörraum gebracht.

„Setzen Sie sich", wurde er aufgefordert.

„Kommen wir nun zum abschließenden Gespräch", sagte Köstel und Olk nickte zustimmend.

„Herr Friese", sagte Olk, „alle sichergestellten Spuren, sowie die Aussagen unserer Zeugen belegen eindeutig, dass Ihnen die Mittäterschaft des Mordes an Frau Stolte nachgewiesen wurde."

„Ich habe sie nicht getötet und somit auch nicht das Messer in der Hand gehabt. Das müssen doch die Untersuchungen ergeben haben", rechtfertigte sich Friese. Nun wieder Köstel:

„Ob Sie nun zugestochen haben oder nicht, ist hier von sekundärer Bedeutung. Sie konnten Frau Stolte ja auch nur festgehalten haben, was dem Zustechen gleichkommt. Wenn sich der Mord anders abgespielt haben sollte, dann sagen Sie uns, wie es gewesen ist."

Friese fühlte sich nun derart in die Enge getrieben, dass er nur noch daran dachte, seine eigene Haut zu retten. Rette, was zu retten ist, dachte er.

„Okay", sagte er, „nachdem wir durch die Presse erfahren hatten, dass in der Wohnung von Möller nur kleinere Mengen Drogen gefunden wurden, waren wir davon überzeugt, dass der Stoff an anderer Stelle gelagert wird. Zuerst haben wir die Wohnung von Möllers Freundin, der Frau Wilde durchsucht. Von Brockmeier wussten wir, dass die beiden Frauen, Freundin-

nen waren. Also vermuteten wir, dort den verloren gegangenen Stoff zu finden. Wir fuhren zu
ihr. Als Frau Stolte uns bat einzutreten und wir
die Tür gleich hinter uns geschlossen hatten,
fragte Miller gleich, wo der Stoff sei. Sie sagte
uns, sie habe keinen Stoff und wir sollten sofort
das Haus verlassen, sonst rufe sie die Polizei.
Miller schob sie beiseite und wir fingen an, das
Haus zu durchsuchen. Plötzlich stand Frau
Stolte mit einem langen Messer vor Miller, der
lachte aber nur und ehe ich mich versah, hatte
sie auch schon das Messer in ihrer Brust. Sie
wollte noch um Hilfe rufen, als Miller nochmals
zugestochen hat."

„Wie viel Mal hat er denn zugestochen?", wollte
Köstel noch wissen.

„Ich kann es nicht genau sagen. Es können zwei
oder drei Mal gewesen sein."

„Herr Friese", Sie werden in Haft genommen
und dem Staatsanwalt übergeben wegen des
Mordes und
der Beihilfe zum Mord an Frau Karin Stolte und
des erwiesenen Handels mit illegalen Drogen."

Dem anwesenden Vollzugsbeamten gab Köstel
die Anweisung, Friese in Haft zu nehmen.

Anschließend gab er die Anweisung, Miller erneut in den Verhörraum zu holen.

Miller betrat den Raum:

„Setzen Sie sich", sagte Olk und zusammen mit Köstel begannen sie, Miller ins Kreuzverhör zu nehmen.

„Also", begann Köstel, „des Rauschgifthandels haben wir Sie eindeutig überführt. Schwerwiegender sind aber die Morde an Hein Möller und an Frau Karin Stolte. Wir haben nicht zu widerlegende Beweise, dass Sie diese beiden Morde begangen haben. Eines sei Ihnen vorab gesagt, Friese hat ein Geständnis abgelegt und Sie der Morde beschuldigt. Außerdem können wir Ihnen anhand der kriminaltechnischen Untersuchungen zu einhundert Prozent diese Taten nachweisen. Sie haben zwar mit allergrößter Sorgfalt die Tatwerkzeuge gesäubert. Leider nicht gut genug. An dem Revolver sowie auch an dem Messer haben wir Ihre D N A Spuren gefunden. Außerdem hat die Spurensicherung am Messer Blutspuren der Frau Stolte nachweisen können. Ihr Vorhaben, die Tat Friese zuzuschieben, ist Ihnen deshalb nicht gelungen, weil er Ihnen misstraute und die Tatwerkzeuge nicht in die Hände genommen hat. Er hat sie, ohne sie

anzufassen, gleich in eine Kunststofffolie einge-
packt und dann in seiner Firma entsorgt."

Regungslos saß Miller auf seinem Stuhl. Die ihm
vorgehaltenen Beweise waren so erdrückend,
dass es ihm zunächst die Sprache verschlagen
hat.

„Herr Oberinspektor", sagte er dann, „Sie können es mir aber nicht nachweisen, dass ich die
Tat an Frau Stolte alleine begangen habe."

„Das erzählen Sie dem Richter", antwortete Olk.

„Und wie haben Sie Hein Möller umgebracht",
wollte jetzt Köstel wissen.

„Herr Oberinspektor, dass mit dem Möller war
ein Unfall."

„Wieso ein Unfall? Das müssen Sie uns näher erklären."

„Ich hatte Hein Möller in der Nacht von Freitag
auf Samstag angerufen und mich mit ihm verab-
redet. Wegen der Geburtstagsfeier im Hause seiner Freundin ist er aber zum vereinbarten Treffpunkt und zur vereinbarten Zeit, nicht erschienen. Ich habe mir ein Taxi genommen und bin
zum Deichdamm gefahren. Ich habe noch gesehen, wie der Notarztwagen davongefahren ist
und Möller bei seinem Porsche stand."

„Wussten Sie, was dort geschehen war", fragte Köstel.

„Nein", „ich hatte nur den Eindruck, mein Erscheinen kam Möller zu Recht. Dann gab ich ihm die Anweisung, sich auf den Beifahrersitz zu setzen. Anschließend fuhren wir zum vereinbarten Treffpunkt. Dort erklärte er mir, künftig seine Geschäfte auf eigene Rechnung zu machen. Das konnte ich mir nicht bieten lassen und es kam zu einem Handgemenge. Möller zog seine Waffe, die ich ihm entreißen konnte, und drückte ab. Das war Notwehr, Herr Inspektor."

„Nein" war die Antwort, „das war Mord!"

„Miller, wir nehmen Sie in Haft wegen des Verdachts, Möller und Frau Stolte ermordet zu haben und wegen des bewiesenen Drogenhandels."

Der Vollzugsbeamte bekam den Auftrag, Miller abzuführen.

ENDE

Zeitfracht Medien GmbH
Ferdinand-Jühlke-Straße 7
99095 Erfurt, Deutschland
produktsicherheit@kolibri360.de